津波もがんも笑いで越えて

いのちの落語家が追った3・11

樋口 強

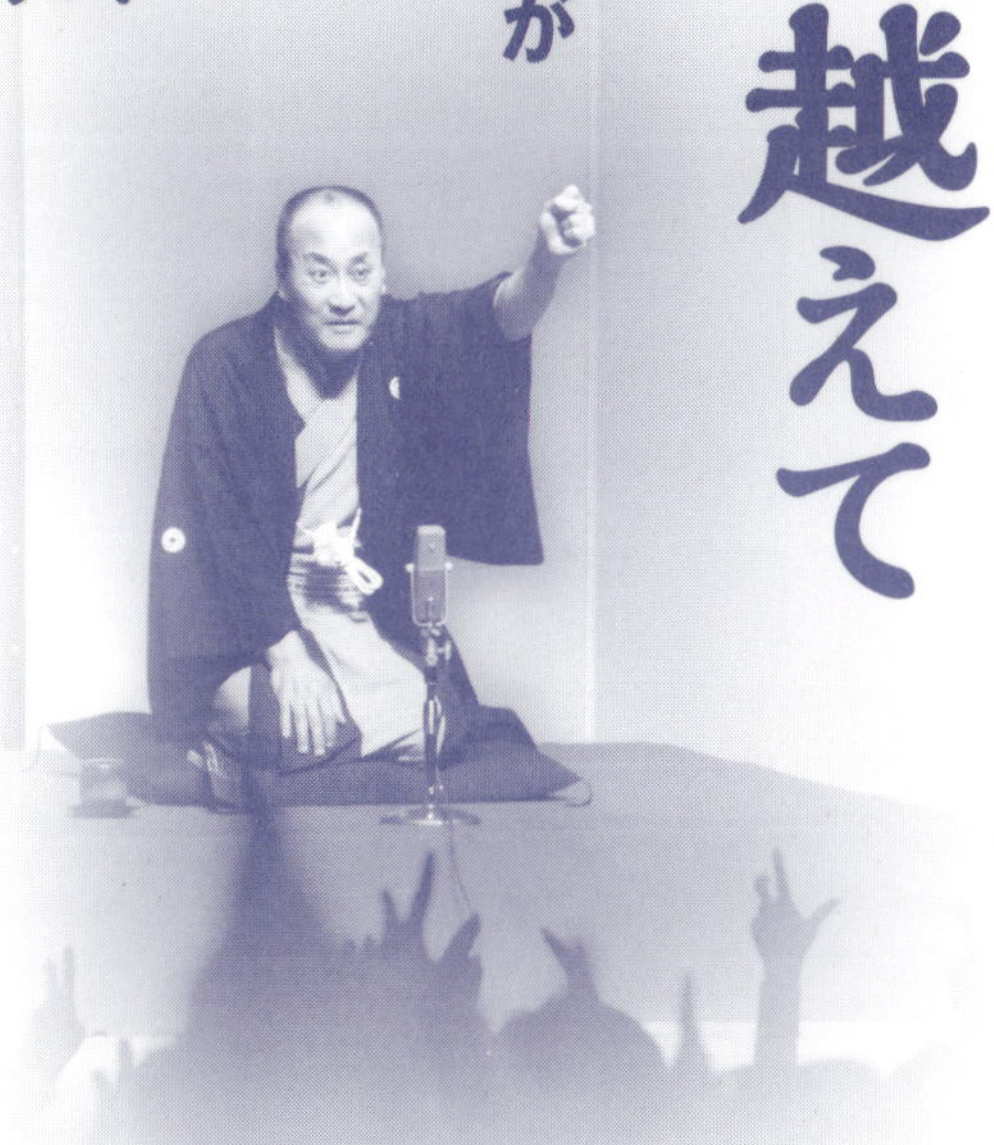

東京新聞

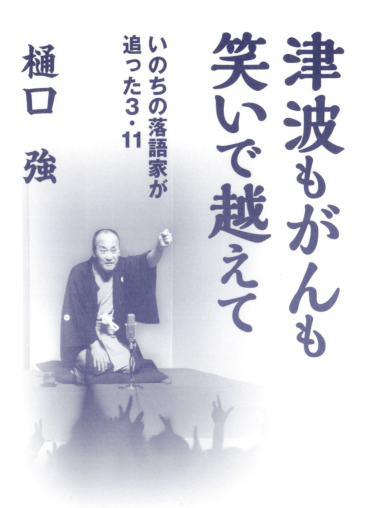

はじめに

私が行う「いのちの落語講演会」は全国各地から講演依頼をいただく。海外からの依頼もある。「生きる希望と勇気を笑いで伝えてください。講演は『輝いて生きる三つの知恵』がいいです。いのちの落語は『一診一笑』でお願いします」と具体的な注文がつくことが多い。できるだけ主催者の要望に合わせて内容をカスタマイズしている。

今までにほとんどの都道府県を訪問した。岩手県沿岸地域にも出講した。二〇〇六年九月には陸前高田市、〇九年二月には釜石市の市民公開講座にお招きいただいた。とくに、陸前高田市では、前泊として市内のリゾートホテルに泊めていただいた。海際に建つこのホテルの最上階の窓からは、左右に広がる松原の緑と、静かで青い海が調和した三陸の絶景が見渡せて感動したことを覚えている。

二〇一一年三月に起こった東日本大震災。そのときに発生した大津波がこの風光明媚な三陸地域を中心に東北から関東を襲い、甚大な被害を出した。大津波によって一瞬にして町全体が消えてしまった陸前高田の惨状を見て茫然となった。あのきれいな高田の町が跡形もなくなってしまった。宿泊した海辺のホテルだけがコンクリートをむき出しにしてその面影を残している。ホテルから見えた七万本ともいわれる広大な松原も流されてなくなったが、一本だけが残った。これが〝奇跡の一本松〟と呼ばれて復興の象徴となった。

この大津波によって家族と家を流されて、自らはがんの病を背負って生きる人たちがいる。「津波とがん」。この二重の苦しみを背負いながらも懸命に生き抜こうとする人たちの姿を、著者だけが持つ「いのちの落語」という笑いの手法に載せて、「人は生きて何がしたいのか」に迫ったのが本書である。

私は四三歳の働き盛りのときに、生きることを否定されたような悪性度の高いがんに出会った。つらい治療の先に明かりも見えない八方ふさがりのときに、深夜の暗い病室で、脳裏に浮かんだのが若き日の自分の高座姿だった。すべてが順風満帆で人生絶頂のときである。いい顔をしている。何よりも自分の落語で自分が笑えるのである。そして、笑ってみると気持ちが楽になった。もうこの辺でいのちをお返ししようとまで考えた自分に細い一条の光が見えてきた。「笑いは最高の抗がん剤」という言葉が浮かんだ瞬間である。

本著に登場する二人の主人公は、これとは比較にならないほどの大きくてたくさんの苦難を乗り越えてきた。「樋口さんなら話してみようかと思う、わかってくれるかもしれないと思う」。この一言から三年に亘る交流が始まった。

津波とがんによって普通の生活や家族を奪われながらも、前を向く力を笑いや笑顔に託して懸命に生き抜こうとする二人の女性を、三年に亘って追い続けた。苦渋に満ちた表情が、涙で泣きぬれた顔が、少しずつ柔らかくて優しい表情に変わっていく。その過程で二人が見つけたものとは何か。

楽しいことやうれしいことよりも、つらいことや苦しいことのほうが多いのが現代の組織社会である。二人の主人公の生きざまから、輝いて生きるためのヒントを読者諸氏に見つけ出してもらいたく本書を書き下ろした。

本書は一気に読み進めていただきたい。二時間程度で読み終えることができるように配慮して編集した。できるだけわかりやすい言葉や表現を用いて、読みやすくてリズム感のある文章を心がけた。音読すれば自分の声が自然と元気になっていくのを実感できるはずである。一ページあたりの行数や文字の大きさにもゆったり感を持たせた。そして、読後には爽快感と笑顔が残る本でありたい、との思いでここに上梓する。

樋口　強

津波もがんも笑いで越えて

いのちの落語家が追った3・11

目次

第一章

『いのちの落語――あの日を忘れない』

紙上独演会

二〇一一年三月十一日

二〇一一年三月十一日十四時四十六分、宮城県沖を震源とするマグニチュード九・〇、最大震度七の大地震が起きた。日本近海で起きた地震では観測史上最大の地震である。そのあとに押し寄せた巨大津波によって東北地方から関東地方の太平洋沿岸では壊滅的な被害が発生した。また、福島第一原子力発電所では、この地震によって原子炉を冷却できなくなり大量の放射性物質が漏れだすという重大な原子炉事故が発生した。警察庁の調査では、この地震と津波での死者は一五、八九三人、行方不明者二、五六七人となり、多くの避難者がまだ仮設住宅や仮住居での生活を余儀なくされており、災害対策が長期化している。

岩手県では、地震よりもそのあとに発生した大津波によって多くの犠牲を出した。家族や自宅を流されて仮設住宅での生活を余儀なくされた人たちがたくさんいる。

この三月十一日に突然にやってきた津波によって、今まで築き上げてきた財産を取り上げられて、これからの生活設計や夢を断たれたら、生きる目標を失いかねないであろう。この沿岸地域では過去に何度もこの自然災害に見舞われてきた。その都度対策を講じてきた。それでも起こる災害である。

がんは二人に一人

津波の被害と同じように、突然やってきて人生をめちゃくちゃにしてしまうのが、がんという病気である。今や二人に一人ががんに出会い、三人に一人ががんでいのちを終える時代になった。これほど身近になったがんがほかの病気と違う点が一つある。それは、この病気は病院で治療を終えてから本当の治療が始まるということだ。このがんという病気には、治療後も再発や転移がつきものであり、その不安や恐怖を背負って生きていかなければならないのである。

私は、生きるはずがないというがんを背負って二〇年生きてきた。働き盛りの四三歳のとき、人間ドックで右肺に大きな白い影が見つかった。大学病院で検査をすると、肺がん。がんの組織を調べると小細胞がんであった。肺がんの中でも治療が難しく厄介ながんである。がんの増殖が早い。半年で全身に転移をしてしまう、ともいわれている。治療の前に医師から説明があった。

「三年生存率は五％です。五年は……数字がないんです」
生きることを否定された数字である。これが私とがんとの出会いであった。ただ、このがんは抗がん剤がよく効くので、がん病巣を小さくしてから手術をする。既に転移しているので術後も休むことなく抗がん剤で全身のがんを追っかける。標準治療の三倍の量を使って追っかけた。

薬の副作用も強く大きい。昼夜間断なく吐いて苦しい。食べることはできないし夜は眠れない。毎日肺の中に管を入れて引っ掻き回して痰を取り出す。集中力がなくなってじっと座っていることができなくなる。そのうちに体中がしびれはじめて、ついには全身の感覚神経が失われていった。熱い冷たい重い軽い、の感覚が分からない。足が地面についている感覚がないので歩けない。茶わんや箸が持てない、ペンが持てない。ついに自分の力では普通の生活ができなくなってしまった。

この治療を乗り越えた先に誰もがしている普通の生活が待っているという保証があれば、どんなにつらくても頑張れる。しかし、この先に生きられるのぞみはほとんどない、という数字を書いた看板が立ちふさがっている。お金の蓄えはすぐに底をつく。家族の生活までも犠牲にしていく。これが、がんという病気である。

治療の大きな後遺症を抱えて先行きに希望もない八方ふさがりの状態で、私は何度も生きることにくじけそうになった。もうここでいのちをお返ししよう。そう思った。しかし、そのたびに、「笑い」に救われた。

真っ暗な深夜の病室で、神経がいら立って眠れない。睡眠剤を飲んでも効き目がない。精神安定剤を打ってもだめ。どうすることもできないながらも目を閉じていた。すると、笑顔でしゃべっている高座の自分の姿が脳裏に浮かんでくる。生き生きとしている。いい笑顔だ。そこに絶頂期の自分がいる。

「あんたの落語、面白いね。笑ったよ、うまい」

客席に座った自分が高座で落語をやっているもう一人の自分に声をかけている。もう一度、あの頃の輝いている自分に出会いたい。そして、家族と食卓で笑い合って、普通のことが普通にできる生活がしたい。急に元気が出てきた。気持ちが軽くなっていた。いつの間にか寝てしまった。

「笑いは最高の抗がん剤」

私はこれをお供にして、二つ目のいのちを生きてきた。

がんという病気と付き合うのに大切なことは、病院や治療法を選択することではない。生きて何がしたいのか、どう生きたいのか、を自分に問いかけ見つけ出すことである。

いのちの最大の価値をその長さにだけ求めていると、いつまで経ってもどこまで生きてもつらさだけが残る。生きて何がしたいのか。それが決まれば治療法は自然と付いてくるし小さなことに見えてくる。

これが、私がいのちをかけてつかんできた人生を楽しく生きる極意である。

仮設住宅での落語会

岩手県でもがんに出会いそれを背負って生きている人は多い。治療の後遺症を抱えて再発や転移のリスクを背負いながら仕事をし、家族の生活を支えている。そして、このたびの津波でその家族や家を失い、生きる目標をも失いかけている人たちがたくさんいる。

津波とがん。この二重の苦しみを背負いながら生きようとする人たちのことを、岩手県内でがん患者会の活動する友人から聞いた。被災後ずっと支援活動を続けてきた人だ。

私は、いのちの落語講演会やホームページなどを通して全国のがんの仲間たちとの交流がある。岩手県下でも患者会や医療者とのみなさんと親しくお付き合いをしていただいている。そして、その友人が言った。

「今、被災地で樋口さんの『いのちの落語』が必要なのかもしれない」

震災から一年半が過ぎても土地整備や町づくりがなかなか進まない。住む場所が決まらない。これから先どう生きていくのか。個人の人生のグランドデザインが書けないのだ。その不安で焦燥感と閉塞感が漂っていた。そんな今、生きるはずのないがんを背負って生きてきた樋口強の口から語られる「いのちの落語」だからこそ、生きる希望と勇気が湧いてくるはずだという。私は半信半疑でこの企画を進めることにした。

本当に私の落語が役に立つのだろうか。

「樋口強——いのちの落語独演会」は、歳末が押し迫った十二月十三日に岩手県大船渡市綾里地区の仮設住宅集会場で行われた。二〇一二年、震災から一年九か月が過ぎた年末のことである。

三〇人も入ればいっぱいになる畳敷きの広間である。一〇人も来てくだされば大成功と考えていた。ところが開始時間の一時間も前から次から次に駆けつけてくる。開演時間には八〇人ほどの人に膨れ上がった。着替えの楽屋に使っていた部屋も開放した。高座の脇や後ろにも陣取って足の踏み場もない。演者の座布団も埋もれかかっているほどで、「早く始めよう」の熱気が溢れている。

出囃子が鳴った。もうそれだけで拍手。まだ私は出ていない。三味線と太鼓には人をウキウキさせる余情がある。次に拍手が手拍子に変わった。大きくて勢いのある手拍子が続く。出囃子を手拍子で迎えてくれる落語会は初めての経験である。すごい勢いだ。

手拍子に後押しされて高座に着く。下げた頭を上げると、皆さんがもう笑顔になっている。二間続きの広間にいっぱいの皆さん、後ろのほうは座れないので立ったままである。その皆さんが、早く笑おうよ、と笑顔で待ってくれている。私の危惧は一瞬にして消えた。この時間を一緒に楽しもう。

「抗がん剤の副作用で髪の毛が抜ける、いやなもんですよ、アタシも抜けました。見事なくらいきれいに。えっ、今も抗がん剤治療してるのか、違いますよ、今の頭は別の理由ですっ」

これだけで会場は大笑い。笑いがなかなか収まらない。しばらく待って次を続ける。

「男のアタシでもショックなんですから、女性の方はもっともっとおつらいと思います。がんの治療が痛いとか苦しいというのは堪えることはできるんです。けど、自分の姿が変わる、見た目が変わる、というのは堪えがたい。誰でも美しくなろうと努力しますよね。成果が出ているかどうかは別問題です。その努力が美しいんです」

また笑いが起こる。隣を見ながら笑い合ってる。今度はかまわずに次をたたみかけていく。

「ところが病院は、患者さんの髪が抜けるという副作用はほとんど気にしていません。なんでか、と言いますとね、しばらくすると髪の毛はまた生えてきますからね。あっ、言っときますがね、また生えてくるのは、治療の前に毛があった人だけですよ」

どっと笑いが起こった。大爆笑となった。反応が早い。笑いの対象となっている年配の男の人たちも楽しそうだ。みんなが満面の笑みを見せている。笑いが笑いを呼び込んでうねりとなって広がっていく。落語が終わって太鼓が鳴り始めた。また手拍子が起こった。長い間抑えてきた笑うことを、今この場所で一気に吐き出しているように見えた。

生きるはずのないがんを生きてきた私を、お互いにつらい人生を乗り越えようとしている同胞として迎え入れてくれた。被災地チャリティイベントではなく、自分たちの想いを載せた手作りの催しとなった。

「私たち、もう笑ってもいいよね。二年目の年を笑って越しましょう」

津波で奥さんを亡くし、仮設住宅でのお世話をしているリーダーが呼びかけた言葉だった。


落語会が終わって興奮冷めやらぬ中で、参加者の皆さんからお礼の言葉があった。そして代表の鈴木ツマさんから花束をいただいた。

「がんを生きてきた落語に感動しました。泣いて笑いました。また来てくださいね、きっとですよ」

二人との出会い

この仮設住宅落語会で花束をくれた鈴木ツマさん、落語会を企画した人の友人熊上渚さんの二人に出会った。鈴木さんは一九二九年、熊上さんは一九八〇年の生まれ。祖母と孫のような年齢差の二人が、以前にがんに出会って苦しみ、このたびの津波で家族と家を失うという同じ体験を持ち合わせていた。語りかけてくれる言葉の一つ一つに苦難を乗り越えてきた重みがある。


「私は体をいじめたくない」

「がんはつらい、けど津波はくやしい。苦しさが違うのよ」

「一度思いっきり泣いてみるといい。自分を取り戻せるよ」

「この子たちのために何としても生きなきゃ」

「津波はきっと来る。三陸で育った人間の直感ですよ」
「先に逝った家族や仲間の分まで生きようよ、楽しく生きようよ」
「笑ってたほうが楽しいよ、生きるって楽しいよ」

重くつらい経験をした人たちからかみしめるように語られる言葉には強い説得力がある。近寄りがたいほど光っている。一つ一つの言葉に背景説明や解説は要らない。この人たちの、たくさんの苦難を抱えてもそれでも生きようとするその姿を全国の人たちに伝えたい。

二人の人生を落語にできないだろうか。津波とがん。二つとも落語とは程遠い世界にある存在である。しかし、落語には日本人が江戸時代から培ってきた表現力と形式美がある。ただ、笑いに昇華できるだろうか。二人がそれぞれに語ってくれた言葉をそのまま紡いでいくのが最大の説得力につながる。二人に落語の主人公になっていただくことにした。そこまでの紆余曲折は落語の中で語ることにする。

たくさんの苦難を〝しょい込みすぎるほどにしょい込んで〟、そして輝くいのちをつかみとった二人の人生にスポットを当てて、わかりやすく親しみやすい落語に仕上げた。そして、今を生きる人たちに「生きて何がしたいのか」を、笑いを通して迫りたい、これが本書の第一の狙いである。

第一章では、紙上落語独演会として、この『いのちの落語――あの日を忘れない』を文字にして展開する。ここでは、いつでもどこでも本を開けば接することができるという手軽さと、文字から得られる自分だけの想像の世界を楽しんでいただきたい。

寄席の太鼓

　はじめに落語の世界の約束事をご紹介しよう。江戸時代から庶民のささやかな楽しみとして育ってきた寄席落語の世界では、その進行を音で表現する。これを知っているとそのいわれやこだわりが分かり、音を聞いただけで見えないはずの風景が浮かびあがって楽しさが倍加する。


　開場と同時にたたくのが、一番太鼓。

　大太鼓を二本の長バチで打っている。はじめに太鼓の縁をバチでなぞる。カラカラカラという音が聞こえてくる。これは木戸を開けた音を表現している。次にゆったりとした低い音から始まる。

　ドーンドーンドンドンドン。

　ドーンドーンどんと来い、どんと来い、と打っている。お客さんがたくさん入ってくれるようにとの願いを込めてたたく。最後は二本のバチを漢字の「入」の字に見立てて太鼓に押し当てて音を鎮める。

開演の五分前に聞こえてくるのが、二番太鼓。

大太鼓に締め太鼓と笛が加わる、笛は頭の先からピーッと音が突き抜ける能管《のうかん》を使う。主役は締め太鼓だ。高い音が小気味よく鳴り響く。

ステックテンテン、ステックテンテンテン。

お多福来い来い、お多福来い来い、と福（お金を持ったお客さん）がたくさん舞い込むように、との願いを込めてたたく。

この二番太鼓を知っているお客さんは、ロビーや手洗いにいても、「おっ、二番が鳴ってるよ」と、静かに席について開演を待ってくれる、という具合である。

トリの高座が終わったら、ハネ太鼓。

寄席ではアンコールというサービスはない。お目当てのトリの高座が終わると、太鼓とともに緞帳《どんちょう》が下りる。この太鼓を、追い出し太鼓ともいう。太鼓に合わせて、「ありがとうぅ、ございましたぁー」という声が聞こえる。大阪では「おじかぁーん」という。

ドロドロドロドロ。

出てけ、出てけ、出てけ、てんでバラバラ、てんでバラバラ、とたたく。開演までは、お多福来い来い、どーんと来い来い、とお客さんを持ち上げて呼び込んでおきながら、終わってしまえば、出てけ、出てけ。音にもちゃんとオチがついている。そして、最後はまた大太鼓の縁をなでてカラカラカラ。木戸を閉めて寄席の一日が終わる、という仕組みである。

浮き沈みの激しい人気商売なので、縁起のいい符牒《ふちょう》を使ったりゲンを担いだりする習慣や決め事が長い歴史の中で作られてきた。日本の素晴らしい無形財産である。

いのちの落語――あの日を忘れない

さあ、二番太鼓が聞こえてくる。締め太鼓の軽やかで小気味よいリズム。木戸をくぐれば、そこはもう寄席の世界。緞帳が上がる。緋毛せんに紫地の座布団。ライトを浴びた色鮮やかな高座が目に飛び込んでくる。上手《かみて》には寄席文字で大きく「いのちの落語」と書かれたメクリが出ている。

高座に向かって中

央から四、五席左寄りの席にご招待しよう。あなたのために用意した指定席。噺家は右と左を向いて話を進めていく。これを〝上下《かみしも》をきる〟といって、落語を演じる基本技術である。この位置が演者の細かい所作や迫力ある表情を正面で捉えることができる「隠れＳＳ席」だ。

出囃子の三味線と太鼓の音が一段と大きく聞こえてくる。お囃子方も息が合って気合も入っている。さあ、読者のために企画した特別公演、紙上独演会『樋口強　いのちの落語――あの日を忘れない』が始まる。

話し口調の小気味よさを声に出して存分に味わっていただきたい。そして、思いっきり笑ってほしい。それでは、どうぞごゆっくり。

「待ってましたっ、たっぷり」

皆さん、お変わりありませんか。

今日が昨日と変わらない。明日も今日と同じ日でありますように、という思い、願い。これがいのちの原点だと思っております。

今日のいのちの落語は、東日本大震災を取り上げます。「津波とがん」。この重いテーマに落語で挑みます。


この落語の主人公は実在の方です。何度も現地で取材をさせていただきました。最初は「津波被害を笑いものにするんですか」と拒否反応を示されました。これは当然です。でも趣旨をご説明すると納得して「協力しましょう」と言ってくださいました。ところが今度は、構想を練るうちに私のほうがやっぱり無理だ、と何度も断念しかかりました。そのたびに、「協力しましょう」と言ってくださった笑顔に励まされました。

そして、やっと出来上がったばかりの台本を手に持って新幹線に飛び乗りました。在来線を乗り継いで、「あまちゃん」の三陸鉄道に乗って七時間の旅。ご本人に早く聞いてもらいたかった。そして感想をききたかった。

けど「これ、困ります」、って言われたらその場でお蔵入りさせるつもりでした。

話が進むうちに、ご本人の目から大粒の涙が溢れだしました。更に進めていくと、今度は笑ってくれました。そして、最後のオチを話し終わったら、素敵な笑顔になってくれました。

「心に滲みました。この落語、同じ病気でつらい思いをなさっている全国の方々に是非聞いてもらってください。そして、震災に出会った私たちが懸命に生きているのを伝えてください。それから、全国の皆さんとお友達になりたいです」

そんな経緯で出来上がった落語です。

題して「いのちの落語──あの日を忘れない」。

聞いてください。

東北の西三陸という小さな町に一人の女性が暮らしています。名前は竹内彩《たけうちあや》さん。すらっと背の高い美しい女性です。

最近、体調が悪い。疲れやすいし少しの時間の立ち仕事もつらい。こんな状態があまりにも長く続くので大病院で検査をしてもらった。

そこで、竹内さんにとんでもない結果が待ち受けていた。

「子宮がんです。頸がんのⅢ期です。すぐに手術をしましょう」

この重大な検査結果を担当の医師は淡々と伝えた。


最近の病院ってね、全て番号管理でしょ。まず、病院の正面玄関の入り口の大きなボードに「本日の予約外来診療者数　三五一二人」って書いてある。うわーって感じます。これはね、オドシですよ。

〝これだけの数の診察をするんだから、一時間や二時間待たされても文句を言うな〟

で、機械で受付をすると「本日のあなたの番号」って書いた紙が出てくるんです。私は大概午後の予約を入れるので番号が大きいんです。楽しみはね、ゾロ目を狙うことなんですね。

「２２２２番」とか「３３３３番」が出ると、「よしっ、今日はいい日だ」となるんですが、なかなか出ません。この前なんか「３３・・」が見えて、よしっ、行けるぞっと期待したら、あとの二桁が「９６」。「３３９６」。「さんざんくろうする」ですよ。受付機の前で、いい大人が一人で「よしっ」とか「ああー」とか大声出しているので周りの人が笑ってるんですね。でもね、病院に行くのに、これぐらいの楽しみは自分で作らなきゃ……。

で、外来診療の待合室に行きますとね、診察室の前に電子掲示板がありまして、そこに番号が表示されているんです。今までのようにね、医者がガラガラ声で嫌そうに呼び出すマイクの声がないので、シーンとして静かです。それはそれでありがたいんですが、みんないつ自分の番号が出るかと、じーっとその掲示板を睨んでます。今までみたいに本とか雑誌を読んでるワケにはいかないんです。で、自分の番号が出ると、何かに操られるように立ち上がって、思い詰めたようにすぅーっと診察室に消えていくんです。なんか新興宗教の怪しげな集会のような感じなんです。

個人情報保護という観点からのシステム設計なんでしょうね。確かに、人前で自分の名前を明かされるのもいいものではありません。私たちは無意識に名前とその人のイメージを創り上げてしまっています。

前に、病院で診察が終わって会計の順番を待っていると、マイクで、

「まつださーん、まつだせいこさーん」

て、呼んだ。みんな一斉にそっちを見ました。私も見ました。そしたら、会計の窓口に向かったのが、ちょっと前屈みのおばあちゃん。み

んなガッカリした顔なんです。「アアー」って言う人もいる。それ、アカンでしょ。失礼ですよ。このおばあちゃん、何も悪いことしてないでしょ。どこへ行ってもこんな状況に出くわすんでしょうね。確かに、不必要に自分の名前は人前で明かしてほしくはないですね。

竹内彩さん、がんを告知されてすぐに脳裏に浮かんだのは、「死」という一文字でした。二六歳。人生これからというときに、何で私が……。

まだ学校へ上がる前の二人の男の子を女手一つで育ててきた。八六歳になるおばあちゃんと四人暮らしです。もしものときは、この子達は……。いや、私は何としても生きなきゃ。

一か月の入院治療がつらかった。治療のつらさではなくて、子供たちのことが気になる。
下の子は電話口で「ママがいない」といつまでも泣いている。
退院したら休む間もなく家計を支えるために仕事に出る。
昼間は会社へ行き、家族の晩ご飯を作ってから夜はコンビニで働く。
けど、立ち仕事がつらい。三〇分も立っていられない。
台所でうずくまっていると、子供たちが飛んできます。
「ママ、どうしたの　どこが痛いの　誰とケンカしたの」

病院で一番身近な存在というと看護師さんですね。最近は男の看護師さんが増えてきました。看護学校や看護大学で講話をしますがね、どこへ行っても一割程度が男の子なんです。で、どこの学校でもイケメンばっかりですよ。時代が変わってきましたね。

で、頼りになるのがベテランの看護師さんですね。私が抗がん剤の治療で入院しているときに、ほとんどがつらい毎日でしたが、その中でもとりわけつらい時期があります。そんなときは誰とも会いたくないし話もしたくないんです。夜も眠れない。睡眠剤飲んでもダメですね。神経がいらだってます。そんなときは、ベテランの看護師さんなら分かるんですね、「今日はいつもの樋口さんではない」と。その看護師さん、脳トレのゲームが大好きでした。休み時間にはいつもやってました。こんな太ってるんですよ。私の異常に気がついて、側に座って明け方までついててくれました。何もしゃべらない。でも私はそれだけで気持ちがすぅーっと楽になりました。どんな治療やクスリよりもありがたかった。

退院してからも私が定期検査で病院に行ったときには廊下でその看

護師さんをよく見かけました。遠くの方でお互いに手を振るだけです。何言ってるかだいたい分かります。

「ひぐちさーん、まだ生きてるの」

こっちだって負けてませんよ。

「脳トレよりも脂肪トレ」

不安そうな顔をしていると、ベテランの看護師さんは必ず一言声を掛けてくれますね。あれはありがたいですね。ただ、ぞぉっとすることもありますよ。

手術の事前説明のときに、しっかりした看護師さんが言ってくれるんです。

「大丈夫ですよ、簡単な手術ですからすぐに終わります。不安がらずにしっかりと」

安心して顔を上げると、その看護師さん、私にではなくて、若い医者に向かって言ってたんです。

竹内彩さん。がんの告知から三年。通院治療も順調に進んで、子供たちも小学校へ上がり、がんを抱えての生活パターンにもやっと慣れてきたある日の午後のことです。

職場で仕事をしていると、カバンの中で携帯電話に緊急メールが届いた着信音が鳴っている。嫌な予感がした。慌てて携帯を取りだしてメールを開いた。

「緊急地震速報――宮城沖で地震発生。強い揺れに備えて下さい。気象庁――　二〇一一年三月十一日十四時四十六分」

来る

直感でそう思った。急いで机の下に潜った。ちょうどその時だった。

ドーン

という音とともに大きく揺れた、縦に揺れた、横にも揺れた、部屋中のモノが吹っ飛んだ。長かった、そして、怖かった。

すぐに津波警報が出た。

津波はきっと来る。

長年三陸で育った人間の直感だった。

「みんな逃げろ、高台に逃げろ、早く逃げろ」

渚さんが叫んでいた。急いで車のエンジンをかけた。子供たちのことが頭をよぎった。今は学童保育の時間だ。おばあちゃんが自宅にいる。

竹内彩さんは高台の公園に向かってアクセルを踏んだ。

津波てんでんこ、だ。

津波はやってきた。
ゴォー
という地鳴りの音を立てて、黒い煙を上げながらやってきた。

「あんた、大丈夫なの」

「えっ、ここ……どこですか」

「体育館よ、避難所」

「あぁ、ここへ避難してきたんでしたね」

「あんた、ずっと膝抱えてうずくまってたから。一人なの、家はどうしたの」

「家ぇ、流されました。おばあちゃんが家で寝てたんです。でも子供たちは学校で避難させてくれました。会いに行きたいんですけど……、私ぃ、気がついたら、上着も着ないでスリッパで避難してきたんです。足ぃケガしたりで歩けなくって……。あっ、そうそう。私、竹内彩です」

「そう。私は村崎茜《むらさきあかね》。八二歳。私なんかね、慌ててコタツの上にあったおせんべいを掴んで飛び出てきたのよ。いつ何があってもいいように、預金通帳とか印鑑とか土地の権利書とか夫の形見とか、ちゃんと袋に入れて用意してたのに……みぃんな流れちゃったよ。あそこのお兄ちゃんなんかね、携帯電話と間違えて電話の子機掴んで飛び出してんの。『これ、つながんないよ』って、さっきみんなで大笑いしたところよ」

「チリ地震でも前の家が流されて、高台に引っ越して建てた家がまた流されちゃったんです」

「私の家も潰れちゃったよ。去年、屋根瓦の釘打ち工事したばっかり。けど、しっかりした工事してくれたんだねぇ、家は潰れたけど屋根瓦は一枚も飛んでないのよ。でも姉を亡くした」

「こんな悲劇の自慢大会してたってしょうがないね。それより、おなか空いたね。けど、なぁんにも……、そうだ、あるある。掴んできたおせんべい。これ食べよ。はい、どうぞ」

「ありがとうございます。何にも食べてないの、忘れてました。これ、おいしい」

「やっと、笑ったね。このおせんべい、預金通帳より役に立ったねぇ」

「ところで、間違ってたらゴメンね。あんたさぁ、クスリやってない」

「えっ、わたし、覚醒剤なんか……」

「違うわよ、抗がん剤。ひょっとして……あなた、がん」

「エェーッ、分かるんですか」

「やっぱりね。そのつらそうな顔、震災だけじゃない、強ぉい抗がん剤のせいかなって、さっきから思ってたの。実はね、私もがんなの。だから分かるのよ。私は乳がん」


「そうですか、村崎さんもがんですか、良かったぁ……あっ、すいません。でも、仲間がいて良かったぁ」

「気持ち、分かるよ」

「私、今治療中なんです。で、さっきから、落ち込んでたんです。朝から晩まで一日中働いて、女手一つで子供たちを育てて、がんを背負って、その上に津波で家を流されて……、私って、どうしてこんな不器用な生き方しかできないんだろうって」
「あんた、背負い過ぎなんだよ。私ね、つらくなったら、家の中で雨戸を閉めてね、一人で思いっきり大声で泣くの。スッキリするよ。アンタも思いっきり泣いて、背負ってるもの、少しは下ろしなさいな」

泣いてもすっきりしますが、思い切り笑っても気持ちがスッキリしますね。今から皆さんに小噺を三つ差し上げます。皆さんはどれがおもしろいですか。どの小噺が心に残りましたか。自分で自分に問いかけてみてください。

①奈良の大仏さんと上野の西郷さんがケンカをしました。さて、どちらが勝ったでしょう。

正解は、奈良の大仏さん。何でか。「ブツゾー」、「ドーゾー」。

②イタリア料理店です。

「お待たせしました。ご注文のピザです。六つに切りますか、それとも一二個に切りましょうか」

「六つにしてください。一二個はとても食べきれませんから」

③「お父さん、光陰矢の如しって言うよね。アレ、どういう意味」

「あれか、アレはな、光陰というモノは、ああぁ、矢の如しだなあ、そういう意味だ」

皆さんはどれが一番大きな声で笑えましたか。どれも面白くなかった、も入れれば四つの選択肢です。どれで笑おうが大きなお世話だ、という声も聞こえてきますがちょっと待ってください。どの小噺で笑えたかであなたの生きてるステージが見えてくるんです。小噺の説明をするのは野暮なんですが、今日は特別に解説しましょう。

この小噺それぞれに題がついています。①は「大仏さん」、②は「ピザ」、③は「光陰」といいます。

「大仏さん」が良かったという人、多かったですね。それに笑いが早かったです。この小噺が良かったというのは、わかりやすい性格の人に多いですね。今の世の中、わかりにくい人が多いですよ、嫌がられますね。その点、わかりやすい人というのは好かれます。希少な財産ですから大事になさってください。ただ、たまには難しいことにもチャレンジしては如何でしょうか。

「ピザ」が良かったという方。このグループは今人生の絶頂期を生きてる人に多いですね。絶頂期というのは誰にでも人生に一度や二度は訪れます。このときはブレーキをかけないほうがいいですね、足を引っ張らないほうがいいです。自分がどこまで行くのか行かせてやりましょうよ。それがあとになってきっと役に立ちます。でも、絶頂期というのはその後必ず下り坂がやってきます。今のうちに下り坂対策を立てておくことをオススメします。

「光陰」が良かったという方は、「今生きてて良かった」と感じている方に多いです。理屈ではなく直感で生きる、素晴らしいことです。いつか自分もこんな人生を生きたい、その道しるべになる小噺ですね。

震災から五年が過ぎようとしているある日。竹内彩さんと村崎茜さんは、街中のスーパーで偶然に出会いました。

「竹内さん、元気にしてた。ずっと心配してたのよ。体はどう」

「はい、あれから半年間はおばあちゃん探しの毎日でした。ええ、見つかりました。自分のことは後回しで、病院に行ったのはそのあとです。休んでた仕事も再開するので、軽い抗がん剤に変えてもらったんです。そしたら、体も仕事も少しずつ楽になってきて、子供たちも家事を手伝ってくれるようになって。

そうそう、この間ね、村崎さん、子供たちの大好きなざるラーメンをみんなで作ってたんですよ。下の子が出来上がった麺をざるに入れてテーブルに運んでたらね、つまづいて転んで、ざるがふっ飛んでそれがまた上手に上の子の頭にスッポリ命中、三人みんなで大笑いです。あんなに大声で笑ったの久しぶりでした」

「そう、笑えるようになったんだね、良かった、良かった。私ねぇ、がんはつらかった、何で私ががんにならなきゃいけないのって、なかなか気持ちの整理がつかなかったの。でも自分の体の中に起こったことでしょ、自分で責任とれるのよ。けど、津波はくやしかった。人生の大事な思い出をみんな持って行っちゃうのよ。私が作った夫の生き様を綴った自分史とか、私短歌が趣味でね、今まで二千首ぐらい作ったかな、それを書き留めたノート五冊、大事なモノみぃんな津波で流されちゃった。自分の人生すべてが流されたようでね、つらいより、くやしいのよ」

「それって、すごくよくわかります。殺人だったら必ず加害者がいるでしょ。けど、津波って、持って行くところがないんですよ、私、それがくやしいんです。でもね、子供たちの笑顔見てたら、これでいいか、って思うんです。不器用な生き方だけど、これが私の人生かな、ってね」

「あなた、強くなったね。それでいいのよ。今の私を支えてくれてる短歌があるの。今から三五年も前、五〇過ぎの時にね、母を思って作った歌があるの。

夢に立つ　野良着の母は　背をまろめ　なたね畑の　かげろうのなか

ノートは流されたけど、この歌は私の心にずっと生きてるの。

私たち、これだけの試練を乗り越えてきたんだよ。誰かが言ってたよ、『生きてるだけで金メダル』って。私この言葉気に入ってるのよ。

先に逝った家族や仲間の分も生きようよ。同じなら思いっきり楽しんで生きようよ。彩さん、あなた、これから何がしたいの」

「私ですか、ええっとね、素敵な人に出会って、結婚したい」

第二章

津波もがんも笑いで越えて

からだがだるい

スラッと背が高く、髪はボブカット。美しい女性である。急に立ち上がると「ワァー、大きい」とよく言われる。一七二センチ。でも一番うれしい言葉は「ワァー、モデルさんみたい」。言いたいことは考えるより先に口に出る。やりたいときは考える前に動いてしまう。楽しくなると思いっきり笑う。悲しいときは大きな声で泣きわめく。わかりやすい性格だ。

「私って、単純だね」

ときどきそう思う。お節介で世話好き。人が喜んでくれることが何よりも大好きだ。イラッとすると無意識に言葉がきつくなる。けど最近は、「そうだよね」の一言でわかり合えるたくさんの仲間ができた。笑顔の素敵な女性である。

熊上渚《くまかみなぎさ》さん。一九八〇年に岩手県大船渡市で生まれた。小さいときからおばあちゃんが可愛がって育ててくれた。澄んだ大空と緑の山々、そして青く静かでどこまでも広がる大船渡の海が何よりも大好きである。秋になるとさんまの大群が押し寄せてくる。町はさんま漁で活気づく。渚さんはこの元気な町の息吹を浴びて成長してきた。

結婚して二人の男の子に恵まれた。長男が宙隼《ひろと》君、三歳はなれた次男が葵隼《あおと》君。元気で素直でやさしい子供たちに育ってくれた。最近ではどこの家庭でも共働きが普通である。渚さんも昼間は事業所で働き、夜はコンビニでアルバイトをして家計を支えてきた。

そんな日々が続いていた頃、気がつけば、身体がだるい、長く立っているのがつらい、と感じるようになった。疲れが溜まっているのかな、とやり過ごしていたがそんな状態がいつまでも収まらない。

「病院で検査してみなさいよ」

同居の祖母の一言に押されて受診することにした。

がんとの出会い

少しいやな感覚もあったので、思い切って盛岡の大病院へ行くことにした。結果はすぐに出た。しかし、それは渚さんが思ってもいなかった突然の出来事であった。


「子宮がんです。頸がんのⅢ期です。すぐに手術をしましょう」

この重大な検査結果を担当の医師は、表情もなく事務的にただ淡々と伝えた。何が起きているのかわからなかった。すべての思考回路が止まった。

そして、気がついたら目の前に「死」という文字が迫っていた。
二六歳、二人の幼子を残してこの若さでいのちを終えるのか。我が人生これからというときに、何で私が、どうして私ががんなのか。ほんとうにがんなのか、診断の間違いってことないだろうか。どうして……。

これが大病院のがん告知というものなんだろうか。確かに、医師から表情豊かにさも残念そうに、そして申し訳なさそうにがんを伝えられてはもっと抵抗がある。とすれば、この「淡々と事務的に」というのが配慮あるがん告知なのだろうか。いや、それもまた違うような気がする。

がんの様子が少しずつ見えてきた。がんは子宮の入り口から卵巣にまで広がっていた。リンパ節にも転移している。一刻も早く手術をして広がりを止める。子宮全摘。これが病院の説明であった。

子宮全摘。

目の前が真っ暗になった。頭の中が混乱してついて行けない。次から次に言葉がよぎる。

手のかかる子供がいる。仕事がある。入院できない。手術はしたくない。次は女の子が欲しい。いや、死にたくない。みんな本当の気持ちである。


病院の待合室で、両隣に不安そうな顔をして座っている二人の子供たちの顔を見ていると、私は生きなきゃいけない、この子たちを守らなきゃいけない、とっさにそう感じた。そして、診察室で叫んでいた。

「先生、私生きなきゃいけないんです。で、女性でいたいんです」


二〇〇八年四月、入院のために盛岡に向かう。予定は一か月。二人の幼子を持つ母にとって一か月家を空けるというのはつらい。

朝、祖母が、「車の中で食べなさい」と、おにぎりを持たせてくれた。そして、「気を付けて」と見送ってくれた。

盛岡まで車で二時間半の道のりである。途中で車を止めて祖母が持たせてくれたおにぎりの包みを開いた。八七歳の祖母が朝早くに起きてご飯を炊いて握ってくれたのだ。ありがたい。食べようと一つをつかんだときにおにぎりの間に小さな白い紙がはさまっていた。何だろう、開いてみると祖母が書いた手紙であった。

「がんが早く見つかってよかった、と良いように考えるんだよ。子供たちは私がしっかりと面倒を見る。だから安心して手術をして早く帰ってきなさい。待ってるからね」

渚さんは涙が止まらなかった。口数の少ない祖母が一生懸命に考えて、一番伝わる方法で応援してくれている。一人じゃない。勇気が出た。

「この道を必ず帰ってくるんだ」

渚さんはハンドルを握りながらそうつぶやいた。


手術は四時間かかった。予定時間の二倍である。

子宮半摘。周辺のリンパ節切除。

半分残してくれたんだ。残せるところを見つけるために時間がかかったらしい。

「あなたの迫力に押されました。でもリスクはありますよ」

担当してくれた医師が、術後の病室で初めて見せた笑顔だった。


良かった、これで終わった。早く家に帰ろう。

ところがそうはいかなかった。転移していた周辺のリンパ節をすべて取り去ったために、足にむくみが出てきた。みるみる広がって両足がパンパンに膨れ上がってどす黒い紫色に染まった。痛くて歩けない。眠れない。それでも病院内で歩く練習をする。入院が一か月必要なわけが分かった。

治療よりもつらいこと

入院治療が一か月。つらかった。治療がつらいのではなく、自宅を一か月も空けることの不安であり、子供たちの生活が気にかかる。

女性ががんの治療になかなか専念できない大きな理由がこの育児である。家事育児がどうしても優先する。とくに手のかかる子供を抱えていると、日々の生活が先になり自分のことは後回しになって、その結果がんが進行してしまうという話をよく耳にする。それでも後悔はない。産んで育てたわが子を思う母の情愛なのであろうか。

「留守中の家事や子供たちの世話は私がやるから、あんたは治療に専念して早く治して早く帰ってきなさい」

渚さんは祖母のこの一言に押されて入院治療ができた。祖母がいなかったらできなかっただろう。祖母に感謝してもしきれない。


渚さんにはもう一つのつらいことがあった。夫との離婚である。前から話し合ってきて、子供たち二人を引き取って祖母と四人で新しい生活を始めようと決心した矢先でのがん告知であった。自分が四人での新生活の家計を支える。そう決断した矢先に見えたのが「死」という人生の行き止まりであった。つらかった。つらすぎて涙も出なかった。しかし、決断も早かった。

〝この子たちのために、私はなんとしても生きなきゃ〟

離婚届に判を押した。そして、がんの手術を受けることにした。

小学生の長男は、母の入院を自分なりに理解していたようだが、まだ学校に上がる前の次男には受け止められない。夕方になるのを待ちかねて病院から自宅に電話をする。次男が電話口に出る。

「ねえ、どうしてママが家にいないの、何で帰ってこないの」

と、いつまでも泣いている。

ママ、誰とケンカしたの

入院中も自宅のことが気になったが、退院してからは、もっと大変な日々が待ち構えていた。ひと休みする間もなく働かないと一家四人が食べていけない。昼は事業所へ、夜はコンビニに、と職場復帰した。けど、この病気は立ち仕事がつらい。一時間も立っていられない。コンビニのオーナーのお母さんががんを経験していて理解があった。「もっと早く言えばいいのに」。このやさしい一言がうれしかった。がんを経験した人たちだからわかり合える何気ない一言に、涙が出るし元気も出る。

自宅では、抗がん剤治療で髪が抜けた姿には子供たちは何も言わなかった、いや何も言えなかったのだろう。治療の副作用で集中力がなくなり頭がボーッとする。そして、強い貧血と激しい痛みに襲われて台所でうずくまっていると次男が飛んでくる。

「ママ、どうしたの。どこが痛いの、誰とケンカしたの」

長男の授業参観にも行ってやれなかった。教室の後ろで一時間立っていられないのだ。

「ボク、平気だよ。他のお母さんも来てないもん」

精一杯の強がりを言ってくれる。

新しい家族

新しい家族が増えた。チワワがやってきた。名前は次男がつけた。ハナちゃん。可愛い女の子だ。小さな身体に愛嬌のある大きな目、「ハナちゃーん」と呼べばうれしそうな表情を身体全体で表現して飛んでくる。〝遊ぼうよ、遊ぼうよ〟と膝の上にのぼって離れない。名付け親の次男のあとについて家中を走り回っている。そして疲れたら爆睡して触っても揺すっても起きない。今を力いっぱい生きているハナちゃんの姿に家族みんなの会話も多くなり笑顔も増えた。楽しそうな笑い声が聞こえてくるごく普通の家庭。渚さんが描いていた家族の姿が見えてきた。

渚さんにまた一つ、うれしい出来事があった。二〇一〇年八月、海が目の前にある水産加工会社の事務職として正規採用されたのだ。これでやっと座って仕事ができる。がんの告知から三年が経っていた。通院治療も順調に進んで、がんを抱えての生活パターンにもやっと慣れてきた。

三月十一日

二〇一一年、厳しい冬も峠を越えて、ときおりのぞく柔らかい日差しを感じるようになった三月。新しい仕事にも慣れてきたある日の午後。職場で仕事をしていると、カバンの中の携帯電話に、緊急メールが届いた着信音が鳴っている。嫌な予感がした。慌てて携帯を取りだしてメールを開いた。

「緊急地震速報――宮城沖で地震発生。強い揺れに備えて下さい。気象庁――　二〇一一年三月十一日十四時四十六分」

来る

身体が無意識に反応する。小刻みに揺れ始めた。机の下に潜り込んだ。

ちょうどそのときだった。

ドーン

奥深いところで起きたような地鳴りの音が不気味であった。潜り込んだ机が飛んだ。しがみついた。部屋中のものが吹っ飛んだ。縦に揺れた、横にも揺れた、長かった、そして怖かった。

何が起きたのだ。

しばらくは理解ができなかった。まだ強い揺れが続いている。机の下から這い出してみる。立っていられないほどの揺れがまだ続いている。パソコンや電話や書類は吹っ飛んでいる。午後三時のお茶を入れる支度をしていた給湯室付近は大量の熱湯が飛び散った。部屋の中は足の踏み場もない。一瞬の出来事だった。同僚たちの顔はみんな引きつっている。声も出ない。いつもの地震とは何かが違う、どこかが違っている。

津波はきっとくる

すぐに津波警報が出た。

「津波がくるぞ。みんな逃げろ、高台に逃げろ、早く逃げろ」

気が付けば渚さんが大きな声で叫んでいた。


津波はきっとくる。

三陸で長年生きてきた渚さんの直感だった。町中に鳴り響く津波襲来を告げるサイレンの音。強い余震が断続的にずっと続いている。地面が揺れる。みんなで駐車場に走った。無我夢中だった。避難先は高台の公園だ。車のドアを開けてエンジンをかけた。家族のことが脳裏に浮かんだ。

子供たちのことが気になった。今は学童保育の時間だ。校舎は無事だったろうか。平日家に両親が不在の子供は、放課後も学童保育として小学校で自主学習の時間を設けてくれる。日頃学校では子供たちも真剣に避難訓練をしている。

祖母のことが気にかかる。家がつぶれて閉じ込められてないだろうか。九〇歳の祖母は午後はいつも昼寝をしている。うまく避難してくれていればいいのだが。

渚さんは高台の公園に向けて車のアクセルを踏んだ。

〝津波てんでんこ〟だ。

高台の公園にはたくさんの人が集まってきた。まだ地面が揺れている。みんな不安な表情で湾の先を凝視している。渚さんはスマートフォンを取り出して情報を集めはじめた。ワンセグに陸前高田の町の様子が映った。すでに高田の町には巨大な津波が押し寄せていた。幾波もの津波が猛烈な

壊滅状態の岩手県陸前高田市

勢いで次から次に町を飲み込んでいく姿が画面に映っている。これは映画やドラマやビデオじゃない、今、隣町で現実に起こっている惨状だ。

大船渡にも津波がやってきた。

ゴォー、という地鳴りのような不気味な音を立てて黒い水煙を上げながら迫ってくる。それが次から次に襲ってくる。まるで巨大な恐竜たちが町を飲み込んでいくようだ。一瞬にして町並みが消えた。渚さんは声も出なかった。まばたきも息もできずにただ立ちすくんで茫然として見つめるだけだった。

今日は早く帰ってこられるかい

子供たちは小学校の近くにある漁村センターにいると情報が入った。学校が避難させてくれたのだ。よかった。早く会いに行って無事を確かめたい。漁村センターへは橋を渡ればすぐに行ける。ところが、その橋に大型漁船が引っかかっていて危険なため通行止めになっているという。高台の保育園が渚さんの避難所になった。そして移動は禁止となった。

津波から四日目。やっと移動が解除になった。親たち数人で山を越えて漁村センターへ行くことにした。ところが、仕事時の格好そのままで避難してきたため、上着がない。おまけに靴もなく事務所での上履きとしてはいているモコモコのスリッパだった。靴なしでそのまま出発した。途中で足に釘が刺さってケガをした。それでも子供たちの顔を見るまではと、痛みは感じなかった。山道を歩き通して三時間。やっとたどり着いた。宙隼君がいた、葵隼君が飛んできた。渚さんは二人を思いっきり抱きしめた。

「さみしかったね、心細かったね、怖かったね。大丈夫、もう大丈夫」

二週間後、自宅検分が許可された。まだ強い余震が毎日起きている。自宅の前に立った。家は土台も含めてすべて流されて跡かたもなかった。一九六〇年のチリ地震津波で自宅が流されて、今度は高台に建てた家がまた流されたのだ。今更ながら自然の力の容赦ない破壊力を目の前に突きつけられた。渚さんは茫然としてその場に立ちすくんだ。

ふと、我に返った。祖母の姿はなかった。あたりを探し回ったが見つからない。どこかで生きていてほしい、きっとどこかで生きている。それがたった一つの願いだ。

ついこのあいだ、祖母が言った言葉がよみがえってきた。

「そろそろ津波がくるかもしれないから、米買っておいて」

チリ地震での経験から我が家ではずっと倉庫に米と水を常備してきた。祖母にはその予感があったのだろうか。

三月十一日の朝、渚さんが出かけようとした時、祖母が声をかけた。

「今日は早く帰ってこられるかい」

「はい、はい」

と、後ろ姿で返事をした。実はこの日は、次男葵隼君の誕生日だった。夜は家でみんなでお祝いをすることになっていた。祖母は午前中に誕生日プレゼントを買うのだと言っていた。

この日から祖母の行方探しが始まった。大船渡一帯、陸前高田、釜石まで足を運んだ。避難所、集会所、寺院など人の集まるところ、名簿のあるところにはもれなく訪ね歩いた。わからない。けど、あきらめるわけにはいかない。何としても祖母の行方は捜さなければ。幼い頃から自分を育ててくれた祖母を見つけ出さなければ。毎日がその思いだけで過ぎていく。

祖母が帰ってきた

二〇一一年の夏も過ぎて朝晩が寒くなった十月、警察署から連絡がきた。祖母が見つかったという。沖合の島で発見されたらしい。ＤＮＡ鑑定に時間を要したともいう。

全身から力が抜けていった。祖母がやっと帰ってくる。半年が経っていた。祖母は小さな壺に入って帰ってきた。みんなでお迎えした。

「おばあちゃん、お帰りなさい」

子供たちは離れようとしない。

「おばあちゃん、寒かったでしょ、冷たかったよね」

沖合の島まで流された祖母のことを思って、二人の子供たちはこの小さな壺を一生懸命なでて、いつまでもさすっている。


ただ、半年も経ってお骨で返されても納得がいかなかった。この事実を受け入れられなかった。どうして祖母のままの姿で会えなかったのか。なぜDNA鑑定に多くの時間を必要とするのか。

そして、津波警報が出てから津波が襲来するまで三〇分かかった。この時間があれば、祖母を自宅へ迎えに行って十分に避難することができた。それをやってはいけない、言ってはいけないということは十分に知っている。〝津波てんでんこ〟はこの町で生きるうえでの基本だ。

だけど……。

「今日は早く帰ってこられるかい」

最後に聞いた祖母の言葉がまたよみがえってくる。

渚さんは、持って行き場のない憤りと後悔を感じた。

がんはつらい、けど、津波はくやしい。

津波てんでんこ

津波てんでんこ。

この言葉は、過去に甚大な津波災害を何度も経験してきた三陸の町で、

三陸鉄道綾里駅前に設置された「津波てんでんこ」碑

その教訓と対策として広まり伝えられてきたものである。

大地震が起きたときは、自分が置かれたその場所で自分のいのちを守ることだけを考えて一刻も早く高台に逃げなさい。その行動で家族や他人を助けられなかったとしても決して後悔をしてはいけないし、またそれを絶対に非難してはならない。

これまで大津波でたくさんの犠牲を出してきた。その犠牲の中から学んだことが三陸の町の行動規範となった。これが、「津波てんでんこ」、「命てんでんこ」の教えである。

渚さんは、「津波てんでんこ」と祖母を迎えに行けなかったことの二つのことをそれぞれ頭では理解しているが、心の中でこの二つの折り合いがつかない。渚さんはこのことをずっと引きずって生きていくことになる。

生まれ変わり

流された家の後片付けをしているとき、がれきの下から泥だらけの小さな塊《かたまり》が目についた。手にとってこびりついた泥を払ってみた。白い棒のようなものにみえた。小さな骨だった。渚さんは思わず叫んだ。

「あっ、もしかして」

すぐに動物病院に持って行って診てもらった。「小動物、たぶん小型犬の骨ですね」という。

「ハナちゃんだ」

葵隼君が叫んだ。ハナはずっとここにいたんだ。いつも力いっぱいで一緒に遊んでくれたハナ、みんなを笑わせて笑顔にしてくれたハナ。

ハナはみんなが帰ってくるのを家の前で身体を張って待っていてくれた。

葵隼君は泣きながら、歯ブラシでこの骨についた泥をていねいに落としてきれいにきれいにしてあげた。そして、みんなで話し合った。ハナをおばあちゃんのお墓に入れてあげることにした。

それから数か月が経ったある日、いつもハナがトリミングでお世話になっていたペットショップの店員さんが渚さんに声をかけてきた。

「このワンちゃん、もしよかったら」

みると、小さなチワワがじっと自分を見つめている。

「ハナちゃんだ」

思わず叫んでいた。小さなチワワはうるんだ目でずっと見つめて渚さんを離さない。思わず駆け寄って抱きしめた。ハナちゃんそっくりなのだ。ハナの生まれ変わりだ。迷うことなく譲ってもらって連れて帰った。

子供たちは大喜びだ。とりわけ次男の葵隼君は「ハナちゃんだ、ハナちゃんが帰ってきた」と飛び上がって喜んでいる。けど、この子にはこの子のいのちがある、別の名前をつけてあげよう。

「チョコ。チョコちゃんがいい」

葵隼君が名前をつけた。偶然とは思えない。本当に生まれ変わりだと信じている。そのチョコちゃんが新しい家族に加わった。家の中にまた笑い声が響き始めた。

新しい生活

被災から半年、祖母捜しに明け暮れた毎日だった。地震の前日まで続けていた抗がん剤治療は中断していた。家族が住む家が先、祖母を捜すことが先、自分のことは一番後回しになる。それに煩雑な毎日に紛れて病気のことは忘れていることが多かった。落ち着いてくると、けだるさや痛みが襲ってくるのを感じる。休んでいた仕事も再開の目処が立った。

半年ぶりに病院で受診した。仕事を始めるので副作用が少なくてすむように軽い抗がん剤に変更してもらった。すると、身体も気持ちも少しずつ楽になっていった。


自分が沈んでいると子供たちもしゃべろうとしない。つらさを一人で背負っていては子供たちも寄りつかない。みんなで分かち合おう。自分が笑っていたほうがいい。もっと子供たちとしゃべろう。渚さんは心に決めた。


「今日さぁ、ママ会社で叱られたんだぁ」

「誰にしかられたの。ボクがやっつけてやるよ」

「ママがボーッとしてて、電話が鳴ってるの気がつかなかったの」

「それはママが悪いよ。家の電話が鳴ったらボクすぐに出るよ」

「そっかぁ、そうだよね」

次男の葵隼君はいつも直球勝負だ。


「今日、学校どうだった」

「普通」

「普通って、何」

「普通は普通だよ」

「サッカーの練習どうだったの」

「それがさぁ、聞いてくれる。アシストでもらったボールをここだ、って思い切ってシュートしたんだ。それがボールに嫌われてこぼれちゃってさぁ、おしかったなぁ。今度は絶対に決めてやる。ねぇ、ママ。次の日曜日試合があるんだ、見に来てくれる」

長男の宙隼君は口数は少ないがサッカーのことになると目を輝かせて楽

しそうにいつまでも話してくる。

ざるラーメンが教えてくれた

最近の子供たちの好物がざるラーメン。ざるそばとラーメンを独特のつゆで融合した新食感の食べ物だ。これが食べてみるとクセになる。スーパーの棚にはたくさんの種類が並んでいる。休みの日の昼食はこれに限る。

子供たちも食事の支度を手伝ってくれるようになった。これは大助かりだ。ゆであがったラーメンをざるに移して次男の葵隼君が食卓に運んでいた。ざるに気を取られたのか途中の敷居でつまづいた。早く食べたいと勢いがついていたのでざるが両手から離れて宙を飛んだ。葵隼君はつんのめって「あぁっ」と言って転んだ。食卓を片付けていた長男の宙隼君が振り返った瞬間、ざるは見事に宙隼君の頭にスッポリと収まった。お兄ちゃんに叱られると思った弟はビクビクしている。そぉっと様子を見てみると、兄は頭から落ちてくるラーメンを上手に口で受けとめて美味しそうに食べている。渚さんが思わず言った。

「ゴォーーール！」

みんなで拍手しながら大笑いになった。思わぬ出来事にみんなで心から笑った。こんなことは練習をしても一〇回に一回も成功しない。涙が出るくらい大きな声で笑い合った。みんないい笑顔だ。こんなに大声で笑ったのは震災後初めてのことだった。渚さんは、笑いながら身体がすぅっと軽くなっていくのを感じた。

思いっきり笑ってみると心が軽くなる。今まで背負ってきたものが急に軽くなったような気がする。理屈を考えるよりも動いてみると結果が出る。

何よりも笑ってみると楽しくなれる。渚さんは、その力は自分がもっているることに気づいた。人から引っ張ってもらったり背中を押してもらうよりも自分の力を自分が引っ張り出してやれば強くなれる。その一番は、笑ってみること。これは誰もみんなが持っていることだ。渚さんは、ほんの少しだがこれからの生きる道が見えてきたような気がした。そのことを、このざるラーメンと子供たちが教えてくれた。

跳ねて笑った謝恩会

震災で住む家が流された渚さんの一家は、運良く見つかった空き家に「みなし仮設住宅」として住んできた。その家庭にも少しずつ明るい話題が舞い込み始めた。

長男の宙隼君が卒業式を控えた三月。この中学校では毎年謝恩会が開かれて、保護者たちによる企画ものの実演が恒例となっている。この年はお母さんたちで二か月も前から気合いの入った打ち合わせと練習が始まった。出し物は、ゴールデンボンバーの「女々しくて」と決まった。それぞれが思い思いの奇抜な衣装で激しく踊る。渚さんはジャージー姿で、腰に白鳥のぬいぐるみを巻いて踊ることにした。うまくできればかっこいい。けど、普段は机に向かう仕事だから足腰を使わない。果たしてからだがついて行くだろうか。週に一回のダンスの猛特訓が始まった。痛い、つらい、苦しい。ヘトヘトになって家に帰ると子供たちがニタニタと笑っている。ママには無理だよ、と顔に書いてある。待ってなさいよ、ママのかっこいいところを見せてやるからね。気持ちだけは負けない。

一か月前になってお父さんチームからも出場依頼がきた。どうしても出て欲しいと言う。渚さんは父親役も兼ねているのだ。

「もうこれ以上は無理ですよ、でも出し物は何ですか、ええっ、ＥＸＩＬＥ、ライジングサン、そうですか、じゃあやってみましょうか」

このあたりが渚さんの真骨頂だ。練習日が二日に一回となった。お母さんチームとお父さんチームの練習時間が重ならないように配慮してくれる。仕事から飛んで帰ってきて夕飯の支度をしてからすぐに練習に向かう。帰ってくるともう動けない。

謝恩会当日。保護者たちの順番が回ってきた。音楽が始まった。そして、登場。会場がどよめいた。生徒たちも先生方もみんなが拍手している。そのまま手拍子に変わった。親たちみんなが満面の笑みを浮かべて楽しそうに踊っている。渚さんは一番前で踊っていた。笑顔が伝染する。会場が一体となって音楽に合わせて楽しんでいる。みんなで笑った、笑った。思いっきり楽しんだ。宙隼君が言った。

「恥ずかしいからやめてよ。でも、ここまで踊れるとはね。ママかっこ良かったよ」

たくさんの人たちと苦労して一つの物を作り上げた。心から笑顔になった。震災後に初めて味わう満足感と達成感だった。渚さんは気持ちが軽くなった。そして体も軽くなった。八キロやせた。

やった、高校生だ

二〇一五年四月、長男の宙隼君が高校に進学した。念願の県立高田高校に合格したのだ。被災した校舎が建て替えられて最初の入学生となった。

入学式の日、濃紺のジャケットの制服を着て立った宙隼君は凛々しい好青年に育っていた。背は一七四センチに伸びてすでに長身の母を凌いでいる。渚さんは、やっとここまできた、と夢中で生きてきた人生に深い感慨を覚えた。

通学は付近で唯一の公共交通であるＢＲＴを利用する。線路が被災して復旧の見込みが立たないＪＲ路線に代わってＪＲが導入した地域密着型バス輸送システムだ。このバスが盛《さかり》から陸前高田、奇跡の一本松を通って気仙沼へつながっている。始発駅から乗って高田高校前まで片道四五分かけての通学である。ただ、放課後の部活はグラウンドが仮設住宅設営で使用できないため、離れた空き地へ移動して行う。部活終了後は毎日渚さんが迎えに行くことになる。

次男の葵隼君も中学生になった。みんなが成長して希望に胸がふくらむ新しい生活が始まった。渚さんの家庭にも春がやってきたのである。

朝は四時半に

高校では中学校までと違って給食がないので毎日弁当を持っていく。これが大変。日常生活が一変した。朝は四時半に起きて弁当作りが始まる。毎日の献立を考えるのも苦労する。すべて手作り。冷凍食品は使わない。これは渚さんの意地だ。料理は好きだし得意種目でもある。毎日残業で遅くなるので親子で会話する時間も少なくなる。夕飯を支度する時間も限られるので手の込んだ料理が作れない。せめて弁当だけは母の手作りを持たせてやりたい。

「お前の弁当、毎日豪華だな」

と、学校で言われるらしい。渚さんはそれがちょっぴりうれしい。

子供たちは二人とも部活でサッカーをやっている。夕方、仕事を中断して車で子供たちを迎えに行く。中学校で次男を乗せて長男の練習場に向かう。帰りの車の中は親子三人の貴重な時間となる。ただ、会話が長続きしない。すぐに二人が口をそろえて言う。

「腹へったぁー」

わかった、わかった。家に着くと着替えもしないで夕飯の準備に取りかかる。食べ盛りの子供たちはボリュームのある丼物を喜ぶ。

「おかわりー」

今の渚さんの幸せは、子供たちのこの大きな声だ。

親子げんかもある。中学生になった次男は反抗期なのだろうか、口答えをするようになった。小さい頃は、「ママ、ママ」とどこへ行くにも離れなかったが、この頃は「おばさん、ちょっとおばさん」と話しかけてくる。友達の間ではそれがかっこいいとされているらしい。

「早く片付けなさい、早く食べなさい、早く勉強しなさい」と叱ると、「うちの親はオニじゃぁ」、「あんまり吠えると、しわが増えるよー」と、生意気盛りだ。

これから私がしたいこと

東日本大震災から五年が経とうとしている。

「うしろを振り返ったらだめ」

渚さんはその思いだけでここまで突っ走ってきた。

がんとの出会い、離婚、子育て、大津波で失った家族と自宅。

たくさんのものを失い、背負いすぎるぐらいのたくさんのものを背負って駆け抜けてきた。

その原動力は、意地。

子供たちのために何としても生きる、母子家庭でも決して負けない、という意地だ。がんの不安や恐怖は日々の目まぐるしい生活の中で忘れていることが多い。しかし、これががんと付き合うための一番いい方法だったかもしれない。


「渚さんは強い人ですね」

と言われることが多い。けど、決してそうではない。自分は支えや目標がなくなると崩れやすく弱い人間であることをよく知っている。だから次から次へ人生の新しい目標を作って突っ走ってきた。それでもどうしても息が詰まるときがある。もうこれ以上足が一歩も前に出なくなるときがある。

いのちの落語の中で村崎茜さんが言ってくれた言葉を思い出す。

「そんなときは思いっきり泣いて背負ってるものを少しは下ろしなさいな」

風呂に入ってシャワーを全開にして思いっきり泣いてみる。すっきりして気持ちが軽くなる。思いっきり笑ったら肩の力が抜けて気持ちが楽になるが、思いっきり泣いても心が晴れることを知った。渚さんの人生にこの力強い二つのお供が加わって、にぎやかな道中になりそうだ。


今、ほしいもの。それは、自分たちの家。

これからも生まれ育った地元で暮らしたい。この大船渡に愛着がある。この町に自分の人生がある。ただ、今の仮設住宅制度はいずれ終わるのでその不安はいつもつきまとう。また使用にも遠慮がある。子供たちは部屋にポスターを貼るのも躊躇している。のびのびとした生活を早く取り戻したい。高台の土地への移転申し込みは既にしているので、造成地の完成を待ち望んでいる。

今、行きたいところ。それはスペイン。

家族でスペインへ行きたい。まだ海外に一度も行ったことがないので、自分だけではなく子供たちにも世界の大きさを見せてやりたい。なぜスペインなのか。それはサッカーを見たいから。世界のトップスターが活躍するリーガ・エスパニョーラの迫力ある試合を現地で体感したい。学校でサッカーをやってる息子たちは、ＦＣバルセロナの大ファンである。技術や戦術にも優れて華麗なシュート姿を見せてくれるメッシやネイマール選手のプレーにあこがれて、テレビにくぎ付けになっている。スポーツに打ち込み頂点を目指す姿は美しい。子供たちにはその夢をいつまでも持たせてやりたい。家族にとってスペインはその夢とあこがれを目標に変える場所なのである。

今、あこがれること。それは……

一八歳で結婚して八年後に離婚した。がんとの出会いや大津波での家族との別れなどを乗り越えて、この子たちのために何としても生きなきゃ、との思いでここまで突っ走ってきた。気が付けば三五歳になっていた。子育てのゴールも見え始めてきた。同級生の多くはこれからが子育ての本番で苦労が始まる。渚さんの人生はこれらを先に経験してきた。

つらいこと、苦しいこと、悲しいこと、うれしいこと、楽しいこと、笑えること。一つの人生にはみんな同じように用意されている、と思いたい。渚さんのこれからの人生、楽しいことやうれしいことがたくさん待っているはずである。そんな中で、渚さんがあこがれること。それは――

「いつか素敵な人に出会って、結婚したい」

笑ってみると楽しいよ

会社の若い人たちには、「がん検診に行きなさい」と、ことあるごとに声をかけている。自分と同じ苦労をしてほしくないからだ。二人に一人ががんになる時代になった。だから、家族にがんの人がいても不思議ではない。それほど身近な病気である。しかし、この病気はほかと違って、治療が終わってからほんとうの治療が始まる。再発や転移がつきものなので一生に亘ってこの病気と付き合わなければならない。がんを背負って生きるための心の治療が必要なのである。渚さんは、がんとの出会いから九年が経った今でも年に二回の定期検査を行っている。なかなか縁が切れない病気である。だから、若い人たちにはがんとの関わりを少なくして生きてもらいたい。そんな思いでがん検診を勧めている。

渚さんは最近、たくさんの人たちから声をかけられるようになった。

「頑張ってるね」

「体は大丈夫ですか」

「お子さんたち、大きくなったね」

自分一人じゃないいんだ、周りの人たちが見ていてくれる。そう感じてとても温かい気持になれる。自分の顔から少しずつ悲壮感が薄れているのかもしれない。


がんとの出会い、離婚、津波で亡くした家族と家。

渚さんは今までの生き方や人生を決して後悔はしていない。自分が選んで生きてきたかけがえのない人生である。

ただ、つらいことやくやしいことを乗り越えるにはそれなりの時間が必要である。その中で、走り回ったり叫んだり笑ったりしながら自分の心との折り合いをつけていく。

生きて何がしたいのか。

渚さんにはそれが少しずつ見えてきた。普通のことが普通にできる、ということが輝いて見えてきたのである。これからも思いっきり生きていきたい。そして、先に逝った家族の分まで力いっぱい生きたい。

笑ってたほうが楽しいよ。
生きるって、楽しいよ。

第三章

がんはつらい　津波はくやしい

グラウンドが踊りだした

二〇一一年三月十一日。ツマさんは軽い昼食を済ませて自宅の裏のグラウンドに立っていた。岩手県の沿岸大船渡、風はないけど曇り空、気温は六度。春にはまだほど遠いこの日、仲間たちと月に一度のゲートボールを楽しんでいた。日頃、市の老人会女性部長の業務や若い女性を対象にした着物着付教室の開催などで多忙な日々を過ごすツマさんにとって、「ナイス」、「うまいね」と声を掛け合いながらのひとときは、心身をリフレッシュさせる大切な時間となっていた。

ドーン

突然大きな音がした。周りの山にこだまして鳴り響いた。空が回っている。グラウンドが踊りだした。大地がゆりかごのように右に左に前に後ろに揺れ始めた。

地震だ、大きいぞ。

地震には慣れている。けど、これはいつもと違う。立っていられない。ツマさんはコートの真ん中で四つん這いになっていた。動けなかった。

津波がきっと来る。

肌で感じた直感だった。説明はできない。でも、五〇年前に地球の反対側で起こったチリ大地震でこの町にやってきた大津波を目の前で経験している。

揺れが収まったあとも、まだ大きな余震がずっと続いている。ツマさんは大地につかまりながら自宅に帰り着いた。ちょうどそのとき、津波警報が出た。サイレンが鳴り始めた。ツマさんは実家に立ち寄っていた娘さんに大声で叫んでいた。

「大事なものをもって早く逃げろ」

ツマさんも走った。やっと高台にたどり着いた。そして、五分ほどが経った頃であろうか、沖のほうに四つの白い線が見えた。

津波だ。津波がきた。

津波がやってきたのだ。
防潮堤に当たって大きな波しぶきが上がった。
その色は真っ赤で、まるで海が火事のようだった。

津波が防潮堤を超えてきた。近づいてくる。
街の中に入ってきた。
大きな茶色の波が次から次に家を飲み込んでいく。
さっきまでゲートボールをやっていたグラウンドが水の底に沈んだ。
自分の家が飲み込まれて流されて行くのを見た。
映画を見ているようだった。
今、目の前で起こっていることなのだ。
泣いたり叫んだりすることはなかった。
あまりにも一瞬の出来事に声が出なかった。

鈴木ツマさん。一九二九年の生まれである。岩手県大船渡市で生まれて育った。三人の子供を育てた。それぞれが独立して家を離れてからは夫との二人暮らしが続いた。その夫を二〇〇三年に亡くしてからは一人暮らしである。五〇歳の頃から短歌の創作を始めて、今までに二千首ほどの歌を作ってきた。ツマさんのライフワークである。毎日の食事は自分で作る。昼間は市の老人会活動や着物着付け教室の運営などで外に出ることが多い。老若男女たくさんの人たちと交わって話をする。そして一人になったら短歌の創作にふける。これがいくつになっても普通のことが普通にできるツマさんの健康のコツなのだ。

せんべいと小銭入れ

中学校の体育館が避難所となった。たくさんの人が集まってくる。これは訓練ではない。いつもの訓練であればここで「はい、解散です。お疲れさまでした」となるが、今は世話をする人も含めてみんなが被災者である。

そして、家族や親戚や友人たちの安否もわからない。


避難所でとなりに座った若い男の子が、大声で言っている。

「おれ、これをつかんで逃げてきたよ」

見ると電話の子機であった。

「そこからいつも彼女の声が聞こえてたんでしょ」

「あらぁ、それは大事な宝物だわねぇ」

おばさんたちがまぜっかえす。周りが大笑いになった。

「そんなんじゃないよ」

若者はそう言いながら顔が真っ赤になった。


ツマさんはふと我に返って自分が持ってきた袋を開いてみた。中にはせんべいと小銭入れが入っている。あらぁ。茶の間のコタツの上にあったのを無意識につかんで玄関を飛び出したのだ。娘さんには「大事なものをもって」と叫んでおきながら、自分が持ってきたのはせんべいと小銭入れだった。

「私は、せんべいと小銭入れだよ」

袋からつかんで出して、両手で掲げてみんなに見せた。

「この勝負、ツマさんの勝ちぃー」

みんなで大笑いになった。ツマさんも思わず笑っていた。

不安と恐怖で張り詰めた避難所の空気が、この笑い声で一瞬和んだ。

この土地では、緊急時対策はしっかりとできている。避難訓練は頻繁に行うし非常時の持ち出し袋も用意している。ツマさんは預金通帳や印鑑、土地の権利書や夫の形見などを小さな袋に入れていつでも持ち出せるように用意していた。でも、持ってきたのはせんべいと小銭入れだった。大事なものはすべて流れてしまった。若い人でも電話の子機をつかんでくるのだ。心のどこかに油断があったかもしれない。いずれ解除になってすぐに家に戻ってくる、という経験を何度もしてきた。

やがて日が暮れてあたりが暗くなり始めた。すべてに不安な最初の夜を迎える。一九六〇年のチリ津波の経験で、近隣では毛布を一枚ずつ拠出して公民館の倉庫に二〇〇枚を備蓄していた。この自衛が役に立った。そして、午後から何にも食べていないのに気付いた。このときに、つかんで走ったあのせんべいが役に立った。周りの人たちに一枚ずつあげた。

「このおせんべい、預金通帳より役に立ったね」

ツマさんは苦笑いであった。

避難所生活

ここからは鈴木ツマさんの手記を引用する。ツマさんは長年短歌を創作してきたこともあって、いつもノートと鉛筆を手元に置いて気づいた日常を書き留めてきた。震災から一〇日経ってノートと鉛筆がもらえた。ツマさんはそのノートに避難所での様子を書き綴った。その手記は大船渡市発行の『昔がたり』に収録された。その現場で書かれた貴重な手記の一部を本書に引用する。

❖三月十二日

あれは夢だったのだろうか。ふと目が覚めると、強い余震である。誰かが悲鳴を上げる。夢ではないと、すぐ現実に戻される。赤く燃えているストーブのまわりには、眠れぬ人たちであろう、防寒着のままの数人が暖をとっている。毛布をかぶりうずくまっている老人、咳きこんで苦しそうな人もいる。中学校の体育館に避難した人たちである。体育館いっぱい、何百人だろう。津波で（家を）流された家族のみではない。地震により家が危険とのことで来ている人たちも大勢いた。

電気もガスも電話も一切の交通機関も、すべてが止まってしまった。顔を洗うこともできない。トイレは汚れっぱなし、子供が泣き出すがすぐに止む。毛布二枚を重ねて着衣のまま畳二枚に三名くらいか、みんな身を寄せ合って寝ている。やがてカーテンが開けられ、朝である。天気は良さそう。何をすべきかも思いつかず、誰かに知らせたくても手段はなし。婦人会の人たちはいち早く対応して炊き出しにかかる。震災当日の夜からおにぎりがいただけた。ありがたい。

❖三月十三日

津波で亡くなった人、沖に出たまま帰ってこない人。行方の知れない人の名前などを聞く。親しい友達の名前も聞く。どうして、何故、との思いが強い。

近所の方が家を見に行くので便乗させていただく。いち早く自衛隊が主要道路を確保してくれていた。一面の瓦礫の山にただ驚く。何トンだろう、大きな船が船底を見せて横たわって、小学校前まで流されてきていた。我が家に行くには、瓦礫の山をかなりの距離歩かなければならない。二階の屋根がひしゃげて瓦礫の上に見える。屋根瓦は昨年の暮れに、一枚一枚を釘付けする工事をしたばかりにて、一枚も剥がれることなく、落ちることもなくしっかりと付いていた。二階が残った家や崩れかかった家の人たちはもう荷物を運び出している。私は、男手もなし、車も持っていない。ただ立ち尽くすのみ。

❖三月十四日

依然として誰とも連絡取れず、電話局より住所がわかれば何とか連絡が取れると言われるが、住所も暗記していない。もどかしいが致し方なし。さんりくの園にて三〇人も流され、同級生三人が亡くなったことも聞く。とても哀しい。

大船渡の姉の家も心配である。昨年新築したばかりの建物が健在であれば、そこに住まわせてもらえるか、などと考えてみるが、人伝てにては国道四五号線から下はみんな流れたという。とても不安である。

❖三月十六日

毎日良いお天気つづきにて、今日も我が家の跡を見に行く。一面の瓦礫野原を見るとき、否応なしに戦時中の空襲の焼け跡がよみがえる。また一本残った楓の大樹に衣類など引っかかり風にゆれている様は、いつか映画で見た西部劇の荒野の一シーンが思い出される。

自動車も埋もれて見えるが、運転台は見ることができない。我が家にたどり着く。主人の彫刻四天王の一つが見つかる。とてもうれしい。自衛隊の方にも助けられて持ち出すことができた。親戚の家に預かってもらう。

❖三月十七日

地元の男の人たちが「何か手伝いすることはないか」と言ってくれ

た。思い切ってお願いをする。一〇人ほど来てくれて半分崩れた二階から布団とか娘のものなどを手渡しで何点か持ち出してくれた。消防では「二次災害の危険がある」と断られていた所を危険を冒してまで、また自分のことで精いっぱいのはずなのに地元の方には感謝でいっぱいである。

❖三月十八日

今日は彼岸の入り。あの日、仏壇のもの、仏像も位牌も写真も持ち出さずに逃げたこと。時間はかなりあったのに、一物も持たずに逃げてしまい、後悔の念かなり強い。

津波は必ず来る、と思ったが、平成八年の程度であれば、今は防波堤も防潮堤もある。最悪の場合でも床下浸水程度であろうと、いつもの避難訓練と同じく、非常持ち出し袋に茶の間にあった駄菓子とガマ口を入れて走ったのである。

❖三月十九日

どこの新聞社か定かでないが、インターネットで呼びかけることを勧められる。とても恥ずかしかったが勇気をふるって呼びかけてみる。何をどういったか思い出せないが、家は流されてしまったが元気で皆と一緒に中学校に避難していると言ったと思う。

これより他に誰かに知らせる方法はなかった。呼びかけてよかったと思う。あとで知ったが次男の嫁さんが見てくれていた。その後、幾人かの人や北海道や九州の親戚も見てくれていたことを知る。

❖三月二〇日

午後、大船渡の兄さんが子供たちと盛岡からタクシーで来てくれた。やはり家は津波にて壊され、新築したほうは何とか立ってはいると。津波の時は二人とも助かったのだが、姉は体調が悪くなり（心臓にペースメーカーが入っている）、大船渡病院に運んだが対応できず、すぐにヘリコプターにて盛岡の医大に行ったがだめだったとのこと。そして十三日の朝に亡くなったと。盛岡にいる身内のみにて葬儀も火葬もすべて済ませてきたことを知らされる。タクシーを待たせているのですぐに帰って行った。

とても驚く。哀しいが泣くことも叫ぶこともできない。平常心でいるためにはかなりの努力がいる。

避難所では、会長一名、副会長二名を何とか決めて組織立てして、

被災者のプライバシーを配慮し、テントがずらりと設営された大船渡市の避難所

食べ物や衣類の配布も行った。

女性らは率先して掃除や片づけをした。ことに水の少ないところでのトイレの掃除は大変だったと思う。あまり大声を出す人もおらず、みんなひたすらに堪えていた。婦人会は食事を出そうと頑張っているし、係りの人たちは夜も交代で見守りを続けている。

自衛隊はいち早く発電機を持ってきて電気を通してくれた。また遠くからも医療班がきて避難者の健康を診てくれた。その間には、福島の原子力発電所の事故も知らされて、窓を開けぬように、外出の時はマスクをつけること、などもあった。また灯油の不足で暖房も制限になり、ガソリン不足で車も走れないなどの事態になってしまった。

胸にしこりが

一九九七年六八歳のある日、ツマさんは久しぶりにゆっくりと風呂の湯舟に浸かっていた。何気なく触った右胸にしこりを感じた。気のせいかなと左胸と比べてみるとやはりおかしい。一センチほどの塊がある。もしや、と感じた。感じたら動くのは早い。すぐに大船渡の病院を受診した。医師の行動も素早かった。この慌てぶりで直感は確信に変わった。結果は二週間で出た。

乳がん。

やはり、がんだった。二週間の手術入院も同時に告げられた。

がんの告知は予想していたのでさほど驚かなかった。困ったのが二週間の入院だ。夫と二人暮らし。入院の間、夫の食事や身の回りの世話ができなくなる。夫は今まで仕事一筋に打ち込み、家庭内のことは妻である自分がすべてやってきた。それが家庭を守る妻の仕事だと思っている。

夫の身の回りの世話ができなくなるのがつらい。ツマさんはこのことががんとの付き合いの中で一番つらく困ったことだった。ツマさんは悩んだ。通院で治療ができないだろうか。この頃にはまだその技術はない。

幸いに隣の奥さんが毎日夫の食事を届けてくれるという。

「困ったときはお互いさまよ」

ツマさんはこの言葉に救われた。これで二週間程度なら入院しても何とかなる。手術してもいい。安堵した。

いつでもどんなときでも家族のことが先、自分のことは一番あとでいい。それがたとえ自分ががんという病気であったとしても。

これがツマさんが大切にする生きるための軸足である。

体をいじめたくない

地元大船渡の病院で手術を受けることにした。家が近いという理由で決めた。がんがどれくらい浸潤しているかは中を見てみないとわからないという。気負いはなかった。手術は四時間かかった。

右胸全摘。

がんの広がりが大きかったという。ただ、この時代は再発のリスクを考慮して全摘出の手術が主流であった。二つのリンパ節にも転移していた。覚悟はしていたが、片胸がなくなったことが現実となると、寂しさとつらさが湧いてくる。しかし、感傷に浸っている間もなく、術後すぐに用意された抗がん剤治療が始まる。四〇〇ccの抗がん剤を四時間かけて点滴で注入する。

副作用の骨髄抑制が始まった。これは予定通りの現象であるが、白血球の減少が予想以上に大きく感染症の危険がある。湿疹も出始めた。ほどなく全身に出た。かゆくて痛い。辛抱するが夜も眠れない。湿疹を抑える薬を処方するが効果はない。

もうこれ以上、自分の体をいじめたくない。

抗がん剤治療をやめよう。手術で体に大きなメスを入れて切り刻み、抗がん剤で全身を攻撃する。

抗がん剤は、もともと第二次世界大戦中に使われたマスタードガスという毒ガスに、腫瘍の抑制効果があるということで開発が始まった薬だ。発疹は体が悲鳴を上げている証拠なのだ。

〝もうこれ以上は勘弁してよ〟と、体が私に叫んでいる。がんの時はその声を聴いてやれなかった、今度はその悲鳴をしっかりと受け止めてやらないといけない。

ツマさんは、二か月で抗がん剤治療をやめた。先生や看護師さんからは、今やめたら後悔するかもしれませんよ、と何度も言われた。けれど、ツマさんに後悔はない。自分の体はいじめない。がんとともに生きる上でのツマさんの軸足となった。

何もしないという勇気

がんと付き合うとき、何かをしていないと不安なものである。がんの再発や転移という恐怖から逃れるためには、食べ物や運動、がん知識や仲間の情報など、人が良いということや考えられるすべての工夫や対策を取り込んで実行する。自分はこれだけのことをやった、精いっぱいの努力をした。これが、美しいサクセスストーリーに見える。そして、仮にあとで再発や転移に出くわしたとしても、そのときには自分への言い訳になる。これだけ頑張ったんだから、やることはすべてやったんだから、と。

生きるはずのないがんを乗り越えてきた人に、「あなたは何をやったんですか、どんな療法を取り入れたんですか」と聞いて、「私は何にもやっていません。毎日ボーッと過ごしてきました」と答えられたら戸惑う。そして、「そんなはずはない。隠さないで教えてくださいよ」と、続ける。受け入れがたい結論なのである。しかし、そう答える人が案外多いのである。

何もしない

という選択肢。がんと付き合うときに最も難しく最も勇気のいる道である。

大きな大自然の中で生かされている自分の体を大地の力の中に預ける。人間のちっぽけな力や科学という論理で制御しない。自分の体はいじめない。ツマさんはこの道を選んだ。

夫のがん

二〇〇三年二月。ツマさんががんに出会ってから五年半が経ったある日。夫の弘さんが体調不良を訴えた。最近全身がけだるく仕事に集中できないという。少しやせてきたようでもある。

弘さんは若いときには大工の棟梁として活躍した。後年はその腕を活かして仏像彫刻に取り組んでいる。職人気質で口数は少なく、長年一人で黙々と仕事に打ち込んできた。その夫が、少し休みたい、と言う。

病院に行くことにした。ツマさんのときと同じ大船渡の病院である。検査に二週間ほどかかった。そして、検査結果を二人で聞いた。

胆管がん。

医師から告げられた病名だった。

胆管とは、肝臓と十二指腸を結んで胆汁を運搬する管である。脂肪を消化吸収する胆汁を製造元の肝臓からその仕事場である腸に運ぶ管である。その胆管ががんに侵されて周辺にまで広がっているという。胆管は肝臓と同様に辛抱強い臓器でなかなか弱音を吐かないので症状も出にくい。気づいたときにはかなり進行していることが多いともいう。

「そうか」

弘さんは多くを語らなかった。抗がん剤治療から始めることにした。ほどなくして、ツマさんは病院に呼ばれた。医師が面談したいという。

「半年だと思ってください」

突きつけられた言葉に戸惑った。とても受け入れられない。

どうやって家にたどり着いたか覚えていない。帰ってきて少しずつ感情がこみ上げてきた。家中の雨戸をすべて閉めて、一人で大声で泣いた。思いっきり泣き叫んだ。

つらかった。自分ががんになったときは、大きな動揺はなく淡々としていたように思う。夫のそばにいながらがこんなになるまでどうして気づかなかったのだろう。すべて自分が悪い。ツマさんは悔やんだ。そして、自分を責めた。

半年間で自分に何ができるだろう。夫にどう寄り添えばいいのだろう。がんという病気と付き合っていくときに、家族ってつらいなぁ、と気が付いた。何をやってもどこまでやっても終わりがない。もし、夫が亡くなったとしたら、きっと自分はそのあとも、〝ああもしてやればよかった、こうもしてやればよかった〟と、引きずって生きていくことだろう。家族ってつらい。

五年半前に自分ががんに出会ったとき、きっと夫も今の自分と同じように悩み苦しんでくれたのだろう。そこに思いが至ったとき、ツマさんはつぶやいた。

「弘さん、ありがとう。今度は私が寄り添う番だね」

夫の自分史を制作

そうだ、夫の自分史を作ろう。夫がこの世に生きた証《あかし》を形にしよう。夫が長年手掛けてきた大工職人としての作品、彫刻師として世に出してきた仏像作品などの写真は手元にたくさんある。そして、夫の生きざまは誰よりも自分が一番よく知っている。これが自分にしかできないことだ。

決めると手が早かった。この自分史の制作でツマさんの毎日が過ぎた。知人友人が手を差し伸べてくれて編集や製本、出版社も決まった。

夫の自分史が完成した。

『創る　木に生命の息吹あり
　　道一筋　わが人生断片　鈴木　弘』

A４横長サイズで約一〇〇ページの写真集二五〇部が刷り上がった。

ツマさんが何としても成し遂げたかった念願の本がやっと出来上がった。

夫に手渡した。夫の成し遂げてきた作品たちの輝く姿が本の中で踊っている。

「ウンウン、ありがとう」

口数の少ない夫だが気持ちは十分に伝わってくる。

夫はこの自分史を何度も何度もめくっては目を細めて見入ってくれた。世話になった人や友人知人たちに献呈したら、二〇部が手元に残った。

二〇〇三年八月。夫は静かに逝った。医師の予告通りがん発覚から半年後であった。

自分がもっと早くに夫の異常に気づいていれば。がんと付き合っていくとき、本人よりも家族のほうがはるかにつらい。その両方を経験したツマさんは、このつらさをずっと引きずっていく。

がんはつらい、津波はくやしい

ツマさんは五〇歳の頃から短歌に魅入られる。三十一文字《みそひともじ》に目に映った情景や想いを託す。この短歌に日本人の優雅さと潔さを感じた。これまで三五年間に約二千首の歌を創ってきた。それらを書き留めた短歌ノートは五冊になった。びっしり書き込んだ一首一首にそのときの想いがある。ツマさんの人生そのものになった。

二〇一一年三月十一日。襲ってきた大津波は、ツマさんの心の宝物をすべて持ち去って行った。

夫の人生を綴った自分史で手元に置いた二〇冊、自分の生涯を書き留めた二千首が詰まった短歌ノート五冊。すべて津波で流されてしまった。自分の人生すべてが真っ白になってしまった。

がんはつらい、そして、津波はくやしい。

がんはつらかった。自分のときよりも夫ががんになったときのほうがはるかにつらかった。しかし、自分の心の財産を持って行ってしまう津波はくやしかった。自分が生きてきた証を否定するのである。そして、その憤りの持って行き場がないのである。

ツマさんはもがいた。夫のがんと自分の人生。それを形にしてきた自分史と短歌をなくしたことで心の折り合いがつかなくなっていた。

何故持ち出さなかったのだろう。普段から家を留守がちにするツマさんは、自分にとってほんとに大切なものを入れた袋は別に用意してあったのだ。自分を責めた。

そのとき、脳裏に浮かんだ。避難所で、電話の子機をつかんできた若者と一緒に、せんべいと小銭入れを両手に掲げて笑っていた自分がよみがえったのである。すべてのことを飲み込んで最後は笑顔になった。あのときの自分をかわいいやつだと誉めてやろう。あれでいいんだ。いつもすべてについて完璧を求めて自分を叱咤激励するよりも、〝しまった、やっちゃったか〟という自分を、よしよしと誉めて笑って収めてやろう。それもかわいい自分なんだから。

こう思うと、急に気持ちが楽になった。ふと母の顔が浮かんだ。三五年前に母を想って創った短歌がよみがえってきた。

夢に立つ野良着の母は背をまろめ　なたね畑のかげろうのなか

そうだ。ノートは流されても大事なものは自分の心の中で生き続けている。母がいつも見守ってくれている。

夫の自分史が手元に戻ってきた。家が流されたことを知った知人が、差し上げた自分史を戻してくれたのである。今ツマさんの手元には三冊が戻ってきた。

短歌に生きる

しばらくは震災を短歌に詠むことができなかった。思いを形にすることができない。何もする気になれない。この津波で姉や同級生六人が亡くなった。生き残った自分はこれから何をすればいいのだろうか。虚脱状態が続いた。

そんな毎日を過ごしていたある日、避難所でせんべいと小銭入れを両手に掲げた笑顔の自分が脳裏に浮かんだ。これでいい。このかわいい笑顔が自分なのである。

不安と恐怖の中で見せた自分の笑顔が背中を押してくれた。すると次から次に歌が湧き出てくる。ツマさんにはこれからの自分の使命が見えてきた。自分の心に映ったものをそのまま素直に短歌にして表していく。これが今の自分にできることである。これがまさに「鈴木ツマの自分史」である、と気づいた。

心に映った震災を伝える

二〇一一年三月十一日に起きた東日本大震災。その大津波による被災の様子を鈴木ツマさんの短歌で追いかける。

海蒼しまた空青し天地《あまつち》の　かの悲しみを知らぬが如く

「頑張ろう」「頑張ろう」との看板に　どう頑張るかと我に問いみる

震災はすべての物をうばい去り　もう逝っていいよと言わるる如し

かの日より六月《むつき》は過ぎへぬ海原は　いよよ碧さを増してしずもる

あれほど荒れ狂った海が何事もなかったような静かさ。津波はすべてを持っていく。私が愛する海は心の中にある。

海原を飛びくるかもめに尋《と》いみたし　逝きたる人の言伝てなきや

泥まみれの夫《つま》の形見の像を負う　我が背《せな》押しし隊員のあり

瓦礫の中から見つけた夫が作った仏像を取り出そうともがいていたら、自衛隊の隊員さんが一緒になって取り出してくれた。

編目には迷いのありぬ避難所に　編みしベストはここより細し

そちこちに冬至のするめ干されいて　仮設住宅生活の匂いす

震災からまだ何週間も経っていないのに。生活のにおいと明かりがうれしい。

仮設にも春は訪《おと》ないプランターに　花々育《さか》せいこいを求む

我も又胡瓜を育て今日三本　これで六本の収穫となる

満月は仮設住宅うつしおり　その影短く淡くしづもる

春らしき服をまといば「拾ったの」「もらったの」と被災の人等

すべてを流された仮設住宅での日常の挨拶代わりの言葉である。

お礼状幾枚書きしか今日も又　支援物資の荷物が届く

気持ちを込めて一枚一枚書いた。同じ礼状は一枚もない。

明日帰ると支援の人の寄り来《きた》る　胸のロザリオ大きくゆらし

台湾から支援に来てくれた人だった。

湾奥に未だ片付かぬ流れ屋の　天窓三つ夕日に光る

早く撤去してあげてほしい、と見るたびに思った。

炎天下に他国の人等働ける　瓦礫の道を礼して通る

側溝の泥上げをしてくれている。みんなが嫌がるきつい仕事を海外から支援に来てくれた人たちが無言でひたすらやってくれている。ありがたい。

津波の「津」も災害の「災」もきらいなのに
何故言いおる我は何者

被災地の雑草《あらくさ》中にひっそりと　秋明菊《シュウメイギク》は供花《くげ》の如くに

秋明菊は宅地で栽培する花。今は何もない野原にポツンと咲いているけど、ここは元は住宅だったんだ、と思うと津波の怖さを改めて感じる。

震災の原はしづもり人影なし　かもめ鳴きなき頭上すぎゆく

怒りをばひと時忘れ冬の苺　食む生誕の八十三才

誕生日に詠んだ一首。好物のいちごが美味しい。

被災せし友等それぞれ家を建つ　図面など見ては心ゆらぎつ

「こんな狭い家だけど……」「いいんじゃないの」こんな会話をしながら巣立っていく。自分のこともそろそろ決めなくては。

震災より三年《みとせ》となりし海いそに　ウニ漁り舟幾々そうも

老いの家の燈明すべて電飾なり　ゆらめくことなし燃えつきるなし

仮設住宅ではろうそくは火災防止のため使用禁止。

友言えり置かれた場所で咲きなさい
枯れゆくのみの身にてありせば

置かれた場所で咲きなさい

震災から四年が過ぎた。仮設住宅でともに元気づけ合ってきた仲間たちが一人また一人、高台に家を建てて出ていく。よかったね、元気でね。祝福して引っ越しの車に手を振る。

さて、自分はどうしようか。小さくてもいいので今までと同じように戸建の家に住みたい。庭に木を植えて野菜を育てたい。そして一人で思うように暮らしたい。そのためには資金もいる。八六歳、あとどれだけ生きようか。なかなか答えを見つけられずにいたとき、長年の友人がポツリと言った。

「置かれた場所で咲きなさい」

心にズシンときた。自分の好きな同世代の教育者渡辺和子さんの著書である。

いつもすべてに順風満帆な人生なんてない。人生はこんなはずじゃなかったの繰り返し。時間の使い方はそのまま人生の使い方。つらい日々もいつか笑える日につながっている。だから、置かれた場所で咲きなさい。

ツマさんははっと目が覚めた。これなんだ、自分が求めていたものは。無理をしない。今の自分を大切にしよう。身の丈通りの幸せを感じよう。

ツマさんは市の災害公営住宅に入居することを決めた。何よりうれしいことは部屋が四畳半から六畳に広がったこと。そして、窓からは真っ青な空と緑の山々が見渡せる。近所に野菜栽培ができる場所も見つかった。

自分のがんとの出会いよりも、なすすべのない夫のがんに寄り添うことのほうがはるかにつらかった。それを引きずりながら大津波によって家を流されて姉を失った。この二つは苦しさが違う。

がんはつらい。そして、津波はくやしい。

この二つの頑固な苦しさを溶かしてくれたのが、避難所でせんべいと小銭入れを両手に持って笑っていた自分の笑顔だった。「やってしまった」と笑えたこの笑顔が、そのあとの自分の背中を押し続けてくれた。

この道を歩けばその先で、きっと笑っている自分が待っていてくれる。

第四章

輝いて生きるお供の五人衆

津波やがんに出会っていのちの極限を味わってきた人たちが、生きる希望や喜びを見つけていく姿を前章までで描いてきた。

一方、普通の生活の中でも病気や仕事や友人知人とのつきあいなどで悩んだり苦しくなったりすることは多い。しばらく立ち直れなかったり、会社に行くのが嫌になったりすることはよくある。そんなときに、誰かに手を引っ張ってもらったり、病院や薬に頼るのではなく、自分が持っている力で乗り越えたい。そのためには、長い人生の中で楽しく笑えたときのことを思い出すとよい。誰もが笑う力を自分の中に持っている。つらくなったときはそのことを忘れているだけである。

古典落語の中にも人生を楽しく豊かにしてくれる噺がたくさんある。本章では、現代の私たちの生活と古典落語の世界を融合させて、つらいときや苦しいときにもそれを乗り越えて生きるための「輝いて生きるお供の五人衆」として紹介する。誰にもいるはずのこの背中を押してくれる「私の五人衆」を見つけ出して、それをお供に賑やかな人生を楽しんでほしい。

私が自慢できるもの

第二章の主人公、熊上渚さんは岩手県大船渡市の水産加工会社で働いている。大船渡は漁港の町で特にさんまの水揚げは日本でも有数である。大船渡で獲れる脂の乗った大きなさんまは美味しくて有名であり、渚さんもこの仕事を自慢にしている。

しかし、二〇一一年の大津波で九割以上のさんま漁船が破壊された。大型漁船が橋の上に乗り上げたり、道路に横たわった姿を見るのはつらかった。船もなくなりさんまも海からいなくなったが、ようやく最近になってさんま漁も活況を取り戻しつつある。渚さんも秋になると残業が増えて忙しくなる。けど、その姿には活気があって楽しくうれしそうである。そしてさんまの話になると目が輝いていつまでもしゃべってくれる。さんまは渚さんの自慢なのである。

古典落語に『目黒のさんま』という噺がある。「時そば」、「寿限無」、「饅頭こわい」等と並んで、多くの人が内容は知らずとも演題だけは知っているという有名な噺である。こんなあらすじである。

あるお大名が目黒まで早駈けに出かけ、愛馬にまたがり駆け回っていた。お昼どきとなり急に空腹を覚えた。そこへさんまを焼く何とも言えない美味しそうなにおいが漂ってくる。「この匂い、求めてまいれ」。

殿様はさんまなどという下下《しもじも》の食する食べ物は見たこともない。魚と言えば鯛しか知らない。ご家来がさんまを焼いている民家に頼んで、脂が乗ってまだ音のする焼きたてのさんまを差し出した。醤油の香ばしさが重なって、一口食べたらそのさんまのうまいのなんの。

そりゃそうです。朝から野原を駆け回って腹はぺこぺこに空いている。そこへ焼きたての音と香りがするさんまを目の前に置かれたらたまらない。誰だって理性も威厳もなくなります。

殿様、このさんまの味が忘れられなくなった。我慢しきれずに屋敷でさんまを所望する。台所方は日本橋の河岸で房州直送のさんまを手配して、皮をむいて小骨を取り、油を抜いて蒸し焼きにして、お椀に入れてていねいにお出しした。

殿様は、真っ黒の焼きたてが出てくると期待していたから拍子抜け。

「このさんま、どこからもってきた」

「日本橋の河岸から今朝取り寄せました最高級品にて」

「いかん。さんまは、目黒にかぎるぞ」

という一席。先代の三遊亭金馬が得意とした噺で、「……うまいのなんの」というくだりでは、客席からつばを飲み込む音が聞こえたというくらいの絶品芸であった。その日の夕食にはさんまが食卓に上がったに違いない。

殿様は、家来たちに「さんまは目黒にかぎる」と教えている。普段は家中のものたちから押しつけられるばかりの窮屈な生活の中で、はじめて食べ物についていばることができた。その姿、得意満面である。

人に自慢できるものがある、というのは幸せである。それが世の中の絶対評価で優れたものでなくていい。自分だけの思い込みでもいい。

「仕事を終えての一杯、最高だね。美味しそうな顔して飲むよ、うまいんだもん」

「私の孫は可愛くて頭がいいよ、世界一だ」

「(羽生)ゆづる君はすごいねぇ、足が長くてかっこいいし。私がテレビに向かって、『飛べ』って言ったら四回転必ず成功するよ。私が育てたのよ」

このことを話し出したら止まらない。そして、そのときの顔は楽しそうに笑顔で輝いている。誰にでも一つはあるはずである。

夢中になれるものを持っていれば、いつでも自分をその世界につれて行ける。夢中になれる自分を褒めてあげたい、スポットライトを当ててやりたい、そして、長年連れ添ってくれた自分の身体の応援団長に自分がなってやるのが一番いい。

熊上さんの声が聞こえてきそうである。

「さんまは、大船渡にかぎるよ」

輝いて生きるお供の五人衆　その一　自分を褒めてやる

来年もきっと来る

いのちの落語独演会。
私が、一年に一度、がんの仲間とその家族だけを招待して開催している落語独演会である。二〇〇一年から始めて二〇一五年に一五回目を開催した。その間、延べ五千人をご招待してきた。この独演会の運営には三つの強いこだわりがある。

一つ目は、入場できるのはがんの仲間とその家族だけ。

同じ病気を背負っている仲間しかわからないことがある、仲間だからわかり合えることがある。話さなくてもみんなが同じ道を歩いている仲間だという安堵感が生まれる。家族も当事者である。家族にしかわからないつらさがある。右を向いても左を見ても前も後ろも、そして高座でしゃべっている私も含めてみんなが、がんを身をもって体験している仲間という家族的な温かい空気が会場に生まれるのである。

二つ目は、招待ということ。

この独演会の入場は無料で、全てご招待である。スポンサーや協賛も取り付けない。運営費は全て主催者の手弁当である。入場料をいただくと、参加者は入場券を買ったから行かなきゃ、という損得感情が生まれる。この独演会は参加者が主役である。この会で生きる希望と勇気を見つけて、二つ目のいのちを伸びやかに生きていく。その目的に沿って損得勘定を排除することにしたのである。

三つ目は、開催は一年に一度。

がんに出会うと、治療のつらさよりもそれを終えたあとのいのちをどう生きていくか、何を拠りどころにして生きていくかで悩む。治療の後遺症や再発転移などの不安や恐怖に襲われる。そして、予定が立たなくなる。今までびっしり真っ黒だった手帳の予定表が、がんを境に真っ白になる。一か月先、半年先の予定が立てられないのである。先の方でポツンと予定が入っているのを見ると「検査」と書いてある。

どうなるかわからない、という〝あなた任せ〟の生き方よりも、一年先には予定がある。「いのちの落語独演会」と、自分で決めた予定を入れて生きていきたい。来年の楽しみを自分で創り出すために、この独演会の開催は一年に一度としている。そして、この会の最後には来年の開催日をお知らせしている。


「来年もきっとここへ来る」

がんを背負う人にとっては重い言葉である。できれば来たい、ではない。自分の意思で希望をつかみ取るのである。自分が中心で自分が主役の自分の人生を自分で切り開いていくのである。そうなると生きることが楽しくなる。

古典落語の名作に『幾代餅』という噺がある。古今亭志ん生が講談ネタを元にして創り上げたと言われている。この噺、落語には珍しくオチがない。一途な青年の美しい純愛ストーリーとして仕上げたことで、清涼感を残すために手の込んだオチは無用とされたと思われる。あらすじはこうである。

日本橋馬喰町の搗《つ》き米屋六右衛門の奉公人清蔵が恋患いである。絵草子屋で見た吉原の幾代太夫の錦絵に一目ぼれしたという。幾代太夫といえば、美貌だけでなく気品や教養も兼ね備えた当代一の花魁《おいらん》である。寝ても覚めても幾代太夫のことしか頭にない清蔵は仕事が手につかない。心配した親方が一年間みっちりと働いて金を貯めたら幾代太夫に会わせてやると約束する。この一言で我に返った清蔵は急に元気になって、今まで以上に一生懸命に働き出した。

そして一年が経った。貯まったお金が十三両と二分。親方は一年が過ぎても熱の冷めない清蔵の一途さに感動して足して十五両にして渡してやった。当代一の幾代太夫が一見《いちげん》の客に会ってくれるはずがないので、遊び慣れた医者の藪井竹庵に指南と案内役を頼む。竹庵は清蔵を野田の醬油問屋の若旦那に仕立てて大門《おおもん》をくぐることにした。

幸いにもその夜は幾代太夫は空いていて、竹庵やお茶屋の女将の取りなしで会ってくれるという。一年越しの夢であった。晴れて太夫とご対面となる。清蔵は天にも昇る気持ちで、もう思い残すことはない。別れ際、「今度は主《ぬし》はいつ来てくんなます」という幾代太夫に、清蔵は搗き米屋の奉公人であると自分の身分を明かしてしまう。そして、また一年間稼いで貯めてから来る、という清蔵の真心に感激した幾代太夫は、来年三月で年季《ねん》が明けたら、清蔵の元へ行くから女房にしてほしい、と言って約束を交わした。

やがて年が明けて三月。搗き米屋の前に駕籠がぴたりと止まった。駕籠から降りたのはあの幾代である。

「小僧どん、清はんがいなんしたら、吉原《なか》から幾代がきたと、そう言ってくんなんし」

二人は晴れて夫婦になって両国広小路に店を出し、そこで売り出した「幾代餅」は大評判の名物となって二人は末永く幸せに暮らしたという、幾代餅由来の一席。

〝待つのがまつり〟という言葉がある。

まつりの日は楽しいものだが、それを待っているときのほうが期待が膨らんでもっと楽しくなる、という教えである。一年後の三月を待っている清蔵さんはワクワクの毎日だったことだろう。

一年後の「いのちの落語独演会」を待つ人たちもまさにこの心境である。来年のいのちの落語が楽しみというよりも、一年後に会場の客席に座っている自分の姿を想像する。

来年の独演会開催日を手帳に書くことで、自分の一年後にクサビを打ち込む。それをヒモで結んで一方の端は自分の体にしっかりと巻き付ける。毎日少しずつ手繰っていけば、必ず来年の自分に出会える。ヒモには笑いという抗がん剤を混ぜて編んでおけば効果的。これが私のいう「待つのがまつり」という仕掛けである。

参加者たちもこの独演会をうまく使ってくれている。

「一年に一度の独演会。この日が私のいのちの更新日です」

「初めて参加しました。来年もきっと来ます」

「病室のベッドの脇に通行証（入場券）を置いて、毎日眺めてました」

第一章の紙上独演会で、三つの小噺が出てくる。そのうちの三番目の小噺をもう一度呼び出そう。

「お父さん、光陰矢の如し、って言うよね。あれ、どういう意味」

「あれか。あれは、光陰というものは、あぁ矢の如しだなぁ。そういう意味だ」

本章を読んでからだと、この小噺もより味わいが深くなる。

余談になるが、この小噺の手法はどんなことわざや格言にも使用できる。

〝犬も歩けば棒に当たる〟〝論より証拠〟〝百聞は一見にしかず〟などおなじように当てはめて使うことが出来る便利グッズである。相手は、「なるほど、そうかもしれねぇ」と、深くうなずいてくれる。ただし、余計なことをしゃべるとボロが出るので寡黙でいることが肝心である。

夢を希望に変えて、目標を予定に変える。それを実現させる。

これをつなぐのが、待つのがまつり、である。

輝いて生きるお供の五人衆　その二　**待つのがまつり**

地震のときは竹藪に入りなさい

二〇一一年三月十一日、吉川伸子さんは岩手県沿岸部から北上方面に向けて車を走らせていた。突然、ラジオと携帯電話から緊急地震速報が鳴りだした。咄嗟に、小さい頃に聞いた母の言葉を思い出した。

「地震のときは竹藪に入りなさい。竹は根が強く張ってるから地面が割れにくいのよ」

幸い少し先の道路脇に竹が生い茂っている。急いでその付近に車を止めたちょうどそのときだった。地面が大きく揺れた。吉川さんはサイドブレーキを引いてハンドルにしがみついた。長かった、怖かった。東日本大震災である。

揺れが収まった。気がつくと、目の前には崖から落ちてきた大きな岩や石が道路をふさいでいる。助かった。これらが車を直撃していたら、と思

う と冷や汗が出た。全身から力が抜けた。
母のおかげである。小さい頃に母が教えてくれた一言が自分の命を救ってくれたのである。吉川さんはいくつになっても母が見守ってくれているのを感じている。

『藪入り』という古典落語がある。江戸期から昭和の初め頃までは、庶民の子供たちは行儀見習いとして商家などに奉公に出された。しばらくは休みなしで働くが、三年経つと、盆と正月には一日ずつの休暇がもらえて、初めて家に帰ることが許される。これが、藪入りである。
子供たちもうれしいが、それ以上にこの日を待ち望んでいるのが実家の親たちである。とくに母親は、息子が帰ってきたら、好きなものをいっぱい食べさせてやろう、この着物を着せてやろう、と落ち着かない。

待ちくたびれた頃に表のほうで声がする。

「ご無沙汰いたしました。お父さま、お母さまにはお変わりなく、お健やかにお過ごしのご様子、何よりでございます」

「何言ってんだよ、他人行儀に。さあ、自分のうちだよ、おはいり」

「これはお店の旦那さんからのお品、こっちは私が小遣いを貯めて買ったお土産です。それから、母さんの味噌汁が飲みたくて」

「あんたの好きな里芋の味噌汁、ちゃんとこさえてあるよ」

「いいなぁ、母親は。食べ物でいつまでもつながってんだ。父さんとも一杯、いや、まだだめか」


これから後半へと続くが、離れて暮らす子供を思う親の気持ちを描いた前半がこの噺の聞き所である。親なら誰もがもっている子への情愛が見事に描かれている。

時代は変わっても母の心は同じと言いたいが、現代のお母さんは少し様子が違う。一人息子が大学に合格して下宿生活を始める。初めての夏休みに息子が帰ってくるのを待ち望んでいるかというと、そうでもない。待ち切れないのである。自分から下宿へ押しかけていく。それも予告なしで訪れてみると、息子のほうはしっかりしている。可愛い女の子が台所に立って料理をしている。焦った母親が息子に迫る。

「ちょっと。あの可愛い女の子、だれ」

「えっ。ええっと、いもうと」


前に紹介した「いのちの落語独演会」。二〇一五年一五回目の開催時に、参加者の皆さんに、「あなたがつらいときに背中を押してくれた母の一言をおしえてください」とお願いした。がんを乗り越えてきた人やその家族の皆さんからたくさんの「母の一言」が寄せられた。このすべての言葉に親子の情愛とかけがえのない人生が見えてくる。その一部を以下にご紹介する。

どんなときでも、いいほうにいいほうに考えるんやで。

人から親切にしてもらったことは決して忘れちゃいけないよ。

だますよりだまされるほうでいい。

〝ありがとう〟と〝ごめんなさい〟がちゃんと言える子になりなさい。

よく嚙んで食べなさい。

いつも笑顔で〝大丈夫、大丈夫〟。偉大な母でした。

あとは頼みましたよ。

〝お天道さまは見ているよ〟。いつも朝日に手を合わせていました。

〝あなたが笑っていれば大丈夫よ〟。私のがんを小六の娘にどう伝えようかと悩んでいたときの母の言葉です。その通りでした。

前に聞いた話でもまた黙って聞きなさい。

腰から下は冷やすなよ。

私の母親像を描いた落語に、こんなのがある。その一部を紙上で再現しよう。

すべての人に母がいます。母親って強いですね。どこの家庭でもそうでしょうが、家族の中心は母です。何で母が強いかと言いますとね、料理をするからです。家族のご飯を作ってくれるからです。外でいくらエラそうなことを言いましても、「生きることは即ち食べること」ですから、毎日家族のご飯を工夫して作ってくれるお母さんには叶いません。要するに家族をエサで釣ってるわけですね。

それから母というのは理屈が通じないんです。すべて感覚です。スキ、キライ、きれい、おいしい……みんな感覚です。ここへ理屈を持ち込むと叱られますよ。

「母さん、何でこれがすきなの」

「何でって、アンタはアホか」
で、おしまいです。人生を直感で生きる。このほうが魅力があります
ね。
「おばあちゃん、このお餅カビが生えちゃったけど、お餅ってどうし
てカビが生えるの」
「アンタが早く食べないからだよ」
アタシはこんなおばあちゃんが好きですね。「何で好きなの」って
聞かないでくださいよ。

輝いて生きるお供の五人衆　その三

私には母がいる

人生の師匠

うちに犬がいる。トイプードル。東日本大震災の翌月に生まれた男の子、名前はのぞみ君。駅チカに新築した家の完成とともにやってきた。私は抗がん剤治療の大きな後遺症があって身体が不自由である。毎日のリハビリが欠かせない。そのリハビリのお手伝いとして、この犬に毎日散歩をさせてもらいなさい、という妻の〝温かい配慮〟でやってきたのである。犬を散歩させるのではなく、犬に散歩させてもらう、という仕掛けである。

小型犬ではあるが男の子なので力は強い。私をぐいぐいと引っ張って前を歩く。毎日夕方に四五分ほどのリハビリである。おかげで早足で歩けるようになった。

犬と一緒に歩いていると新しい世界が広がる。すれ違うときにいろんな人が声を掛けてくれるようになった。

「まあ、かわいい」

のぞみ君は、この言葉にはもう慣れっこになっているので反応しない。

「あらぁ、ぬいぐるみみたい」

〝ぬいぐるみがボクに似てるんだよ〟という顔をする。けど、機嫌がいいときはサービスもする。親子連れが前を歩いている。小さな女の子が後ろを振り返った。

「ママ、犬が立って歩いてる」

「犬が立つわけないでしょ」

お母さんは振り向くこともなく取り合わない。のぞみ君は本当に後ろ足二本で立って歩いていたのである。トイプードルは腰の骨格や筋肉がしっかりしているので立つのは得意であり、家の中ではいつもジャンプしながら立って歩いている。

のぞみ君はその日その日の毎日が一生懸命である。頭の中はいつもフル回転している。小さい頃にトイレのしつけをするために、ケージの中のトレーで用を足せばドライフード二粒をあげることにした。すぐに覚えてしつけができた。その習慣がずっと続いていて、用を足せば台所へ飛んできては立って二粒を要求する。一粒ではだめでもう一粒を手に入れるまでは立ち去らない。あるとき、いつものように用を足して二粒もらった。するとすぐにケージに戻ってまた用を足している。そして飛んできてはまた二粒を要求する。二度に分ければ倍のドライフードが手に入ることを覚えたのである。思わず笑ってしまった。そして感心した。このシステムを熟知して使いこなしているのである。

欲しいものはどんなことをしてでも手に入れる。決してあきらめない。そして疲れたら爆睡する。のぞみ君のこの生き方に拍手である。

『初天神』という古典落語がある。子供が駄々をこねながら目的を達成していく噺である。前座噺であるが、縁起物として正月初席では大御所や真打ちたちも高座にかける。時間になれば「冗談言っちゃいけない」という飛び道具でいつでもどこでも切れる便利な噺でもある。ここでは上方落語でご案内する。

「かかぁ、羽織出して」、「羽織着てどこ行きますの」、「天神さんにお参りや」、「それやったら、うちの寅ちゃん連れてやって」、「あいつは、じきにあれ買えこれ買えとうるさい」。そこへ、やんちゃ坊主のせがれ寅ちゃんが帰ってくる。

「あっ、お父っつぁん。羽織着てまた便所へ行くんか」

「天神さんにお参りや」、「わいも連れてって」、「あかん」。「ほんなら、隣のおっちゃんのとこ行て、昨夜《ゆんべ》のうちの父と母の秘め事物語、話して来るぞ」、「ちょっと、あの子とめなはれや」、「寅公、連れてったるさかい帰ってこい」。しかたなく連れて出る。道々、「リンゴ買うて、みかん買うて」と、始まった。両方とも子供には毒やと突っぱねる。

「ほんなら、飴買うて」。飴屋は店出してないと言うと、「おとっつぁんの後ろ」。飴屋が二タ二タしている。「おい飴屋、こんな所に店出すな」、「うちは常店でんがな」。「おとっつぁんが飴選んだる」と言いながら、指につばをつけて一つ一つなめていく。「大将、汚いでんがな」と、飴屋に叱られる。

「ほらみてみぃ。おとっつぁん、飴屋のおっさんになめられてるがな」

飴は噛まずに口の中でロレロレするよう教える。しばらくは静かになるかと思ったが、寅ちゃんはずっとしゃべっている。飴を食べながらしゃべると着物を汚すから黙ってなめろ、と頭を押さえたら泣き出した。

「何か買うて」泣きながらねだっている。飴はどうしたと聞くと、「おとっつぁんが頭を押したから落ちた」、「どこに落とした、拾うて洗って食べさせてやる。どこ」、「腹の中」

今度は凧《たこ》をねだる。往来で仰向けになってわめくので、一番小さいのを選ぼうとすると、凧屋がけしかける。結局、特大を買わされる。

帰りに一杯やろうと取っておいた小遣いを全部はたいてしまう。

はじめは凧の上げ方を寅ちゃんに教えるつもりで糸を引いていたが、そのうち、おやじの方が凧に夢中になる。

「あがった、あがった。やっぱり値段が高いのはちがうなぁ」

「わいにも糸引かせてよ」

「うるさいな、今ええとこやがな。子供は黙って」

　寅ちゃん、また泣き出した。

「こんなことなら、おとっつぁん連れて来るんやなかった」

　夕食が終わって部屋に入り机に向かう。私が原稿を書くのは夜が多い。さあ始めようかとパソコンを立ち上げたときに、のぞみ君がやってくる。アヒルのぬいぐるみをくわえている。縫いぐるみは三つあって、アヒル君、ウシ君、ペンギンさん。今はこのアヒルが一番のお気に入りらしい。来たぞ、と思うが知らぬ態度でいると、そのぬいぐるみを私の膝の上に置く。

「今から仕事だからまた明日にしよう」

と、受け取ったぬいぐるみを机の上に置く。すると、いつの間にかいなくなって、今度はペンギンをくわえてやってきて私の膝に置く。

これならどうだ、という表情をしている。いや、そういう問題じゃないよ、とペンギンを机の上に置くと、またいなくなって、次はウシをくわえてやってきた。気がつくと、ぬいぐるみ三つが机の上に並んだ。そして、のぞみ君は寂しそうな顔をして私を睨んでいる。結局、のぞみ君の思い通りにみんなで一緒に遊ぶことになる。カミさんは「あんたのほうが楽しそうだよ」と笑っている。

現代版『初天神』である。

論理的なものの考え方や進め方は素晴らしい。そこにはどこからも攻撃されない防御策が施されている。仕事はそれでいい。しかし、生き方となると違う。論理は一つがつぶれると全てが崩れてしまう。本能や直感を大切にすれば、説明はできなくても大筋で間違うことはない。頼りになる柱がそれぞれ地に足が着いているからである。そして、直感はバクチではない。経験で裏打ちされている。今やりたいことやほしいものにはどん欲でありたい。そして、決してあきらめない。のぞみ君から学んだ生き方である。

輝いて生きるお供の五人衆　その四

直感で生きる

本当のやさしさ

家族がある日突然にがんを告知されたら、あなたはどうするだろうか。「なぜ」「どうして」「うそでしょ」「何かの間違いじゃないの」と問い返す。これは自分の感情を落ち着かせるために必要な間合いである。その次に自問する。今自分に何ができるだろうか、と。

○がんの症状や治療法や予後、病院や医師などあらゆるがん情報をネットで調べる。

○好きな食べ物を用意する。

○一日中そばについて苦しいときや痛むときは夜中でも起きて身体を

さすってあげる。

○疲れやストレスが溜まっているはずなので、気分転換に旅行や温泉に一緒に出かける。

他にもたくさん思いつくであろう。しかし、これが本当に今のあなたがやるべきことだろうか。これらはみんな〝カタチのあるもの〟である。やったことがカタチとして現れる。確かにないよりあるほうがいい。しかし、もっと他に必要なことがあるはずである。家族だからできること、家族にしかできないことが。

自分に何ができるか、という発想にも問題がある。これは自分中心の考え方であり、ハードルの高さや限界を自分で設定してしまっている。今の自分にできる枠組みを決めてその中で考えようとしている。大切なことは、がんに出会った本人が、自分に何を求めているか、何をしてほしいのだろうか、と考えることである。そこから夫婦や家族の絆が見えてくる。

『厩火事』という古典落語がある。〝うまやかじ〟と読む。夫婦の機微を描いた現代でも通じる話である。昭和の名人と謂われた先代桂文楽や古今亭志ん生が得意とした噺である。緻密さと自由奔放。全く芸風の違う二人が得意にするという珍しい噺である。噺の主人公であるおカミさんを、文楽は性格や表情を精緻に表現して、志ん生は豪放磊落に創り上げた。どちらも説得力があって見事な作品になった。

髪結いのお崎さんが、このところ亭主八五郎との間でケンカが絶えないと、仲人の大家にグチを言いにやってくる。近ごろは仕事もせず、朝から酒びたりの毎日で、もう愛想が尽きたので別れたい、という真剣な相談になった。

「女房にだけ働かせて自分は朝から上等の刺身で酒を飲んでるような奴は、これからも見込みはないクズだから、今のうちに早いとこ別れちまえ」

と、大家が突き放す。

「そんなひどい言い方しなくてもいいでしょ。酒や刺身だってうちの家計でやりくりしてるんです。それに、ああ見えてもやさしいところもあるんですよ」

「おいおい、どっちなんだい。だから私は夫婦げんかの仲裁は嫌なんだよ」

「だから亭主の本心が知りたいんですよ」

それじゃあ、亭主の料簡を試してみろ、と二つの話をする。

一つ目。唐《もろこし》の国に孔子という偉い学者がいた。旅に出ている間に、厩が火事になって可愛がっていた白馬が焼け死んだ。使用人たちがビクビク震えていると、帰ってきた孔子は、「家の者に、けがはなかったか」との一言だけで馬のことは聞かない。これほど家人を大切にしてくれるご主人のためなら、とみんなが一生懸命働いたという話。

二つ目。麹町《こうじまち》に、さる殿さまがいた。「猿の殿さまですか」、「猿じゃない。名前が言えないから、さる殿さまだ」。その殿様がたいそう陶器に凝って、高価な器をたくさん集めていた。ある日、それを客人に見せるために奥様が運ぶ途中、二階から足をすべらせた。

殿さま、真っ青になって、「皿は大丈夫か。皿皿皿皿」と、息もつかず三六回言って奥様の身体のことは一言も聞かなかった。「妻よりも皿を大切にするような不人情な家に、娘はやっておけません」と離縁され、一生寂しく独り身で過ごしたという話。

亭主がモロコシか麹町か、何か大切にしている物をわざと壊して確かめてみな、と大家が提案する。そこでお崎さん、亭主が、瀬戸物の茶碗を大事にしているのを思い出し、それを持ち出して台所でわざとすべって転んだ。

「おい、だから言わねえこっちゃねえ。どこも、けがはなかったか」

「まあうれしい。お前さん、猿じゃなくてモロコシだよ」

「わけのわかんねぇこと言ってないで、それよりけがしてないか」

「おまえさん、やっぱりあたしの体が大事かい」

「当たり前よ。おめえがけがでもしたら、明日っから、遊んで酒が飲めねえ」

あなたを愛してる、お前が好きだ、と正面から言われるとずいぶんと照れるし重たいが、この落語のオチのように、大切なことをそっと脇へ置いてくれると笑って気持ちも軽くなる。

一九八六年、私が生きるはずがないというがんに出会って、標準治療を上回る大量の抗がん剤治療によって意識が朦朧としているときに、病室で妻が言った。

「今、何がしてほしいの」

「今まで通りにつきあってくれ」

やってほしいことはたくさんある。けど、一番してほしいことはこのことである。『火焔太鼓』のおカミさんのように、普段ポンポン言っている妻が急にやさしくなったら気持ちが悪い。それに、自分の病気で家族にずいぶんと気を遣わせているな、すまないな、という気持ちが湧いてくる。

がんになる人は、自分より相手を気遣うやさしい人がほとんどである。例外もあるが。このことで自分を追い込んでもっとつらくなるのである。

その次に、急にやさしくされることで、何か隠しているのでは、医師から何か言われているのでは、と勘ぐるようになる。実際にはそんな裏事情がなくても疑いは晴れない。これが一番厄介なのである。

〝ある〟という証明は簡単にできる。それを出せばよい。ところが、〝ない〟ことを証明するのは至難の業である。医師から何も聞いていない、ない、ない、ない、と言えば言うほど怪しくなる。

医師から自分の病気のことで何か言われているなら全てを教えてほしい。素朴で素直な感情である。そして、家族が信用できなくなる。溝ができる。自分一人の孤独な世界に逃げ込んでしまう。がんとつきあうとき、いや、生きていくうえで、このことがもっともつらいことである。

では、どうすればよいか。家族の間で、夫婦の間で〝心の溝〟を作らないことである。そのためには、どんなときでも〝今まで通り〟が一番いい。どんなときでも夫婦げんかができる夫婦がいい。家族の本当のやさしさがここにある。

先ほど、火焔太鼓のおカミさんという言葉が出てきた。あれは、次のような場面のことを言っている。

落語『火焔太鼓』の名場面。いつも損ばかりしている古道具屋の亭主に、おカミさんがハッパをかける。

「あんた、古いものではずいぶんと損したでしょ。平清盛のしびん、引き出しの開かないタンス。どうしてそんなものばっかり仕入れてくるの。今度損したらおまんま抜きだよ、わかったかい。早く市ぃ行っといで」
「うるさいね、犬みたいに言うんじゃないよ」
「犬ならもっと可愛いよ」

輝いて生きるお供の五人衆　その五

今まで通りつきあって

第五章

CDで聴く
『いのちの落語――あの日を忘れない』

　このいのちの落語は、二〇一四年九月十四日に開催した「第一四回いのちの落語独演会」でネタおろしした。この落語のモデルの一人である熊上渚さんも子供たちと一緒に、会場である東京・深川江戸資料館小劇場に駆けつけた。高座でのいのちの落語をはじめて見るのである。そして、番組後半の「前を歩く人たち」のコーナーで登壇してもらい、私との対談では生きる喜びを生の声で語っていただいた。

　この日の参加者が書いてくれた〝あなたの声〟から一部を紹介する。
「熊上さんは歳が近いので、落語の中で状況を想像すると切なくなり涙しました。それでも強く乗り越え、明るく笑っている彼女を見て勇気をもらいました。大切にしてくれる人と出会い、ステキなおうちができることを心から祈って応援しています。樋口さんが全身にしびれが残る中であれだけの熱演をなさること、仲間の大きな励みと希望になります。笑いと笑顔

の一日をありがとうございました」

第五章では、この高座をライブ録音したＣＤで聴いていただく。第一章の文字にした落語とは異質の作品である。ＣＤから聞こえてくる笑い声や拍手は、がんの仲間たちのものである。つらい病気を乗り越えてきた人たちが持っている澄んださわやかな情景を感じ取っていただければ本望である。また、このＣＤを本書の総仕上げとして、巻末付録ではなく本編第五章にして組み込むことにした。

それでは、がんの人とその家族という参加資格がなければ入場できない「いのちの落語独演会」に、本書読者を特別にご招待しよう。

あとがき

原稿を書き終えて、鈴木ツマさんの自宅を訪問した。仮設住宅から市災害公営住宅に引っ越して再出発の新居である。約束の時間に着くと、ツマさんはすでに玄関のベンチに座って待ってくれていた。歌舞伎の仮名手本忠臣蔵四段目の名場面『待ぁちかーねたぁー』が似合うシーンである。

「樋口さん、早く、早く」と案内してくれる。「四畳半が六畳になったのよ。足が伸ばせて気持ちいいのよ」。高台に建った住宅の三階は、仮設よりも広くて風通しもよく、窓から見える景色は青い空と山の緑が素晴らしかった。何よりもツマさんの顔につやがあり、「遠路ようこそ」と言ってくれる笑顔が素敵であった。悩んだ末にツマさんが自分で掴みとった生き方である。

「これ、私が作ったのよ、食べて」。ふかしたてのサツマイモをテーブルの上に載っけてくれた。近所に借りた家庭菜園でツマさんが初めて収穫した野菜である。甘くて美味しかった。小さい頃に食べたおふくろの味がした。

ツマさんは自身ががんに出会ってから一八年、夫弘さんを見送って一二年、そして、津波に遭って五年が経とうとしている。あまりにもたくさんの苦しみを味わってきた。

「人間って、忘れるっていう知恵を持ってるのよ。これがあるから生きていけるの。だから心の中で折り合いをつけるには時間が必要なのよ。私は忘れすぎだ、ってよく言われるけどね」

長い取材期間の中で、鈴木ツマさんが見せてくれた最高の笑顔であった。

熊上渚さんの三月十一日は二つのことが重なっている。おばあちゃんの命日、そして、次男葵隼君の誕生日。この二つを家族でどう乗り越えていくのか。渚さんの決断は早かった。午前はお寺で供養、午後はお墓参り、夜は誕生会と決めた。

「両方とも大切なことなんです。昼は三人で手を合わせます。夜は思いっきりお祝い会です。きっと祖母も一緒に楽しんでくれていると思ってます」

渚さんが清々しい笑顔で語ってくれた。

熊上渚さん、鈴木ツマさんには、三年の長きに亘って本書の取材にお付き合いいただいた。その間に、がんや大津波で日常や大切な家族を奪われた苦しさや無念さを、ときには苦しみの表情の中から絞り出すような声で、ときには大粒の涙とともに語ってくれた。そして、それを乗り越えてつかんだ二つ目のいのちを笑顔と笑いで語ってくれた。取材終盤には「今苦しんでいる人のお役に立ちたい。実名で載せてください」と、二人とも言い切ってくださった。

津波とがん。この二つの重いテーマと取っ組み合った本書の読後に、少しでもさわやかな気持ちを感じていただけるならば、それは熊上渚さん、鈴木ツマさんの勇気と情熱に拠るものであり、二人に深く感謝したい。

「被災地では今、樋口さんの『いのちの落語』を必要としている」と、本書執筆へのきっかけを作ってくださった岩手県北上市のがん患者会「びわの会」副代表の吉川伸子さん、「私たち、もう笑ってもいいんじゃないですか」と、ご自身も被災者であり「いのちの落語会」を企画して仮設住宅の皆さんに声をかけてくれた大船渡市綾里地区公民館の西風《ならい》雅史さん、「私たちにも手伝わせて」と、いのちの落語会の中入り時に参加者全員で太極拳を楽しめるよう指導してくれた、楊名時健康太極拳師範の佐々木紀子さん、ほか関係諸氏の力強いご支援に感謝と御礼を申し上げる。

また、本書の出版に際して、情熱を込めて編集に当たってくれた東京新聞出版部の川瀬さん、山﨑さんに心から御礼申し上げる。

最後に、本書の長い執筆期間中、共感と激励のエールを送り続けてくれた最愛の妻加代子に感謝の意を表することをお許しいただきたい。

二〇一六年一月

真っ白な新年を迎えた越後湯沢の仕事場にて

樋口　強

樋口　強（ひぐち　つよし）

いのちの落語家
1952年生まれ。新潟大学法学科卒業、東レ㈱入社。

新事業立ち上げの最前線にいた1996年43歳のときに、3年生存率5％といわれた肺小細胞がんに出会う。

2001年からがんの仲間と家族だけを招待して「いのちの落語独演会」を毎年開催する。

2004年東レ㈱を自らの意思で退社。執筆の傍ら、いのちの落語と語りをセットにした独自のスタイル「いのちの落語講演」を全国に展開する。

2011年、社会に感動を与えた市民に贈られる「シチズン・オブ・ザ・イヤー」を受賞した。

著書に、「最近、あなた笑えてますか」（日本経済新聞出版）、「いのちの落語」（文藝春秋）、「生きてるだけで金メダル」（春陽堂）、「今だからこそ良寛」（考古堂）など多数。

◎樋口強事務所　東京江東区に設置、詳細はホームページ。
◎ホームページ　http://inochinorakugo.com

津波もがんも笑いで越えて
いのちの落語家が追った3・11
二〇一六年二月二十七日　初版発行
著者　樋口　強
発行者　三橋正明
発行所　東京新聞
〒一〇〇・八五〇五
東京都千代田区内幸町二・一・四
中日新聞東京本社
電話［編集］〇三・六九一〇・二五二一
［営業］〇三・六九一〇・二五二七
FAX　〇三・三五九五・四八三一
印刷　株式会社　光邦

ISBN978-4-8083-1008-0　C0036

CD

「第 14 回　いのちの落語独演会」は、

2014 年 9 月 14 日

東京・深川江戸資料館小劇場で行われました。

CD に収録されているのは、その番組の 2 番目で樋口強が上演した

「いのちの落語――あの日を忘れない」です。

お囃子

三味線・松永鉄三　　笛・橘ノ百圓　　太鼓・柳花楼扇生

CD 制作　　㈱東京録音